伊斯坦布尔的两个咖啡馆

王东东 著

孟繁华 张清华/主编

情感共同体
80后作家大系

山东文艺出版社

图书在版编目（CIP）数据

伊斯坦布尔的两个咖啡馆 / 王东东著 . -- 济南：山东文艺出版社 , 2024. --（情感共同体·80 后作家大系 / 孟繁华 , 张清华主编). -- ISBN 978-7-5329-7199-2

Ⅰ . I227

中国国家版本馆 CIP 数据核字第 20241UU691 号

伊斯坦布尔的两个咖啡馆
YISITANBUER DE LIANG GE KAFEIGUAN

王东东　著

主管单位	山东出版传媒股份有限公司
出版发行	山东文艺出版社
社　　址	山东省济南市英雄山路 189 号
邮　　编	250002
网　　址	www.sdwypress.com
读者服务	0531-82098776（总编室）
	0531-82098775（市场营销部）
电子邮箱	sdwy@sdpress.com.cn
印　　刷	肥城源盛印刷有限公司
开　　本	620 毫米 ×1000 毫米　1/16
印　　张	18
字　　数	230 千
版　　次	2024 年 7 月第 1 版
印　　次	2024 年 7 月第 1 次印刷
书　　号	ISBN 978-7-5329-7199-2
定　　价	52.00 元

版权专有，侵权必究。如有图书质量问题，请与出版社联系调换。

总序
80后：一个情感共同体

孟繁华　张清华

"情感共同体"，是新近兴起的历史学流派——情感史研究的概念。这个历史学研究流派被称为史学研究的新方向，它在考量客观事实的同时，还关注到人的道德、行为、信仰与情感等因素。美国学者苏珊·麦特和彼得·斯特恩斯指出，对情感的研究改变了历史书写的话语——不再专注于理性角色的构造，而情感研究已有的成果已经让史家看到，不但情感塑造了历史，而且情感本身也有历史。当然，研究历史与情感的关系和研究文学与情感的关系，是完全不同的两回事。借助历史研究的"情感共同体"概念，意在说明，这个共同体是一个真实的存在，而并非空穴来风。

将80后作家群体看作一个"情感共同体"，当然也只是一个比喻，一如我们此前将70后看作"身份共同体"一样。任何比喻都是有欠缺的，但可以将比喻对象更形象地呈现出来。另一方面，即便是80后本身，他们也从不同的方面将作家看作一个"共同体"。80后有代表性的批评家杨庆祥，写了《80后，怎么办》一书，引起很大反响，特别是在80后群体中，反响更强烈。张悦然说："十年前80后主要是一种反叛形象，主要写的是叛逆青春，那时候的80后肯定不需要《80后，怎么办》这本书。但是到了现在，变化非常大。我的问题在于，这代人是不是变得太快了一点，好像青春结束得太早了一点，一下子就进入了一种很委顿的中年的状态里面。正是在这样快速的消失当中，我们这一代人需要停下来审视自己。"由此可见，杨庆祥的困惑切中了一代人的思想脉络。他书中提出的问题，比如"失败的实感""历史虚无主义""抵抗的假面""沉默的'复数'""从小资产阶级梦中惊醒""我们这一代没有真正的青春""我依然属于弱势群体""能够受到一些公平的待遇就可以了"等，因有极大的"共情性"，而受到了同代人的关注。这是80后内部对"情感共同体"认同的一个佐证。但无论如何，杨庆祥还比较客观。他终究还认为"我们是比50后、60后和70后更幸福的一代人"。这当然是另外一个话题。

　　在现代社会里，每个人都是当然的单个主体，但每一代人也必定有某种共性，虽然这共性也是被建构和解释出来的。80后的共性是什么？也许很难说清楚，杨庆祥的阐释或许也不能说服所有人。要想为他们找一个最大的"公约数"，确乎很难。但是，从某种意义上来说，这一代人有着相似的文化与社会境遇，却是事实。这种境遇在我们看来，或许就是一种历史的"错位感"与"迟到感"。他们成长的阶段，刚好是中国社会迅猛变革与走向市场化的年代，他们的童年与青春时代，经历了中国社会价值观的剧烈转换；而等到他们长成的时候，中国的社会已历经世纪之交，进入了一个阶层逐渐固化、机遇相对减少的时期。相对优越的成长环境、比较早地受到关注，与成年后的某种失落之间的落差，带给了这一代人特有的困惑与迷茫。

　　从这个意义上，与其说他们是一个"情感共同体"，不如说是"经验共同体"，只是这样说不够清晰和强烈而已。要想说得有效，而不只是"求正确"的话，那么"情感共同体"是一个必要和不得已的强调。但是须知，在情感体验与情感表达之间，也同样存在着巨大的差异，人的个性差异在文学表达中，尤其有决定性的作用，更何况，人所表达的情感，也未必是他内心感受到的真情实感。所以，从根本上说，即便是同代人，他们的创作也未必在同一个声音频道里。因此，恰是这些相同和差异，一起构成了这代人的整体特征。我们必须承认，现在我们讨论的80后作家，与刚刚出道时的80后作家已经非常不同。对那时的80后作家，社会和文学界都有不一样的看法，比如有的人认为，他们过早地被市场裹挟和被书商包装了，他们没有经历上几代作家所经历的那些制度性的历练，所以在他们之中也就"看不到跟经典写作接轨的作者"。同时还有一种看法，就是他们除了书写个人成长经验之外，很难进行真正的"创作"，对社会问题和社会公共事务还不具备处理的能力。

然而时过境迁，经过十多年的锤炼和努力，以及社会不同方面的合力培育，现在的80后已经蔚为大观，且早已实现了"纯文学"意义上的承前启后，逐渐成熟并走向了文学创作和批评的一线。为了培养文学批评队伍，中国现代文学馆已先后邀请了十余届客座研究员，这些人中的相当一部分是80后，十余届中已有数十人，其规模已足以令人生畏。更有第三届客座研究员，还将他们自己命名为"十二铜人"，显然隐含了自我认同的情感关系。鲁迅文学院多次举办"青年作家高级研修班"，参加者也多为80后。更有专门以培养"文学新锐"为己任的文学刊物或栏目，比如专门举荐文学新锐的《西湖》杂志，以及《人民文学》的"新浪潮"，《十月》的"小说新干线"，《北京文学》的"新人自荐"，《作家》的"处女作"，《天涯》的"新人工作间"，《民族文学》的"本刊新人"，《中国作家》的"新实力"等等，都培养了一大批80后作家。正如80后青年批评家行超所说，最近的这二十年，既是中国社会经济、文化思潮、价值取向发生巨大转变的二十年，也是80后一代从青春期的少男少女成长为家庭支柱和社会中坚力量的二十年。80后一代在生理和精神上的全面成长，必然导致如今的80后文学与此前呈现出若干显见的变化，世纪之交那种与市场需求、商业逻辑等相纠缠的青春文学，已逐渐在他们笔下消失，取而代之的，是在内容、主题、艺术手法等多方面都变得更加成熟、更加复杂的多样性的写作。到今天，在纯文学刊物、出版市场、网络文学等各个文学场域，80后作家都占有重要的位置。而这代人写作历程中所经历的变化，恰恰构成了中国文学在新世纪发展流变的一个面向。

从诗歌领域来看，80后的一代，似乎已经没有当年70后登场时那种明显的策略意识。他们既不急于标张自我文化身份的独异性，也不刻意强调与前代的继承性，在诗风上是相当"稳健"的一代。从社会身份看，他们也主要有两类，一类是"学院派"的，一类是"非学院派"的——隐藏于社会各界与三教九流，但共同点是，文化素养都相对较高。其中"非学院派"的一类在写作上更接地气，像丁成、阿斐、唐不遇，还有女诗人中的郑小琼、李成恩，他们都是现实感非常强的诗人，当然表达个性都各自有鲜明特点；而茱萸、胡桑、严彬、王东东则都属学者型的诗人，有很强的学院背景和诗学素养，他们的写作可以说都非常自信，有从容不迫的气度，既充满知性，同时又不掉书袋，殊为难得。这两类诗人，并没有像"第三代"那样分为"民间写作"和"知识分子写作"，他们几乎已经消弭了这些对立和差异。即使是像郑小琼这种出身底层、从"打工诗人"群体中成长起来的写作者，也体现出良好的素养，也写过许多具有先锋气质的，以及"纯粹植物"意义上的诗歌。

总体上，80后一代的文学评论家、小说家、诗人、散文家，已经全面覆盖当代中国文学的各个场域。为了推动这个文学群体的健康发展，鼓励青年作家创作，我们在编辑"身份共同体·70后作家大系"之后，应出版社之约，不得不继续勉力集合"情感共同体·80后作家大系"，深感使命难违，与有荣焉。但实在说，又恐因为年龄阻隔、代沟之障，对他们的理解和阐释其力难逮，说出外行话来，令方家和晚辈嗤笑。所以，多不如少，与其在这里喋喋不休，不如让读者自去判断。

致敬山东文艺出版社的朋友们，他们高瞻远瞩的文学眼光和情怀令我们感佩不已；也致意80后的青年才俊，他们的积极响应也令我们倍感欣慰。让我们一起努力，继续为中国当代文学的发展添砖加瓦。

是为序。

目　录

总序　80后：一个情感共同体　/　001

辑一（2019—2021）

京沪线上　/　003

野温泉　/　005

本雅明与魔鬼　/　006

恩里科·丹多洛之墓　/　007

伊斯坦布尔的两个咖啡馆　/　008

蓝色清真寺　/　010

湖居　/　011

运河　/　012

梅李十四行　/　014

钟山　/　015

兴福寺　/　016

寺　/　018

威海十四行 / 019

伊斯坦布尔的基督 / 020

伊斯坦布尔 / 023

在虞山 / 025

壮悔堂 / 027

慈姑颂 / 029

蜡梅 / 031

烤炉 / 033

初春 / 034

南风 / 036

遗落之诗 / 037

眼泪之柱 / 039

致友人 / 041

鹿衔草 / 043

在一辆以色列救护车前 / 045

炒菜赋 / 046

在海上 / 047

拟鲁迅诗意 / 049

女明星 / 051

青岛十四行 / 052

即墨十四行 / 053

长啸 / 054

瀑布 / 056

梦树 / 058

园丁 / 059

脉望馆 / 061

钟 / 063

出埃及记 / 064

西西弗斯 / 066

海边的少女 / 068

虾 / 069

时钟与房间 / 071

笔迹学 / 072

猫 / 074

辑二(2015—2018)

谒比干庙 / 077

在佛前 / 079

写给一只猫的一首十四行诗 / 081

乡村教堂 / 082

阮籍 / 084

燕行录 / 088

圆明园 / 090

给菩萨的献诗 / 092

阿基里斯与龟 / 094

复仇 / 095

牧野十四行 / 099

普希金 / 100

核桃颂 / 102

忧郁共和国 / 104

自《圣经》的一页 / 107

书房逸事 / 109

痛苦 / 111

故事 / 114

教室里的蛐蛐 / 116

花园长椅 / 118

仓央嘉措 / 119

焦尾琴 / 121

故居 / 123

南京 / 125

世纪 / 128

羞之颂 / 130

历史 / 133

雨中 / 134

饺子颂 / 135

郊区教堂 / 137

雨 / 139

在阴影下 / 141

无聊颂 / 143

在袁崇焕故居 / 145

佛光山 / 147

灯光下研究维纳斯雕像的青年男女 / 149

明代中叶的一个梦 / 151

诗人之死 / 153

雪 / 155

与天使对视 / 157

另一个塞壬 / 159

祖父 / 160

巨鼎 / 163

毕沙罗的静物 / 165

风 / 166

南方 / 168

郊外 / 170

在火车上 / 172

高颐阙 / 174

辑三（2010—2014）

冬夜 / 179

诗 / 181

失眠颂 / 183

双子星咖啡馆 / 186

斗牛士 / 190

绳子的舞蹈 / 192

出海 / 193

奇遇 / 194

秋天 / 195

图书馆 / 196

墓园 / 198

书店一角 / 200

隧道中的佛 / 202

讲经 / 204

都灵之马 / 206

慈悲 / 209

托尔斯泰 / 211

冬日 / 212

白马寺 / 214

辑四（2003—2009）

心是一只兽 / 219

冬天的争吵 / 221

冬景 / 223

小鸟 / 225

空想 / 226

夏天啊，宇宙的小酒馆 / 227

云 / 228

诗 / 229

在田野里 / 231

空椅子 / 232

摄影师 / 234

爱情纪念册 / 236

主客之杯 / 239

堂吉诃德 / 241

蝉 / 243

在疗养地 / 245

远离 / 246

与死者交谈 / 247

特里斯当与伊瑟 / 249

雪 / 250

出游 / 252

藤蔓 / 253

昏昧中 / 256

车窗外 / 257

山溪 / 259

浮土 / 260

檐溜的歌 / 261

附录

诗的轴心时代 / 265

自述 / 270

辑一（2019—2021）

京沪线上

远远地,白色的怪物凝视我
它的腰神秘地消失在半空
引起我一阵惊讶
为何它不是和大地相连

它的头没入云端,仿佛
得了大头症的婴儿
从未来的黑洞凝视我
发出可怕的灾异的白光

静止不动,在天空凝视
就像太阳在行进中坠落
它的目光闪耀在雪景里
和冰雪一起覆盖了南方

雪已停,它却冻结在了空中
仿佛一座冰山在南方移动
试图捕获更多可燃的气体
在一片冻结的白色里呼吸

火车依然疾驰向祖国的东南方
平静地经过它的身旁

直到我看清了它不断敞开的前身
山谷里的工厂烟囱，静止的时间

那一刻静止的烟雾也开始嘲笑
我对它幼稚的种种幻想
工业革命吐露一个奇迹，仿佛
蘑菇云在历史教科书里静静微笑

2019—1

野温泉

路旁，山坳向上冒出的烟雾
凝视着火山口
硫黄，摆在地狱入口处
组成一本书的封面

一个本地青年挎着水果篮来到
却并不叫卖
而是在瀑布下猛冲头和身子
唱歌

在回程的公交车上，我缩成一团
发抖
晚上才意识到在野温泉里泡得太久

魔鬼总是在我的生活里造成一出喜剧

那天下午
我怎么也解不开泳裤的带子，引起它注意

2019-1

本雅明与魔鬼

他被一个隐喻折磨得头脑发涨
眼里失眠的太阳渴求镜子爱抚
看见魔鬼在他的发梢跳舞
指责他挪用了魔鬼的隐喻

可魔鬼递给他更多成倍的隐喻
一个驼背小人必有一个新天使
有时他觉得,从他姓名的错误拼写
唤醒了在历史的镜子里沉睡的魔鬼

在本雅明的额头与大海透明的凝望之间
却隔着一层玻璃(纯粹眼睛的构造)
那是魔鬼的隐喻:魔鬼对于他过于真实

魔鬼不够真实,我才能在第二天醒来
魔鬼相信:阻挠本雅明写作就能扰乱历史
魔鬼无处不在,因而本雅明不肯再与魔鬼打赌

2019-1

恩里科·丹多洛①之墓

但丁遗忘了我。他本应
将我打入地狱第八圈第八层
还有谁比我更像尤利西斯

从第九层的人物身上
也能认出我,我一个人
打通了第八和第九层

我没能进入但丁的《神曲》
只能葬身于教堂二层的地板上
紧挨着壁画《最后的审判》
基督的目光让我身体疼痛

一个驼背老人,眼瞎耳聋,我
将一支意在耶路撒冷的军队引向君士坦丁堡
那曾令我受辱的城市,现在终于满足了我
犹如在通向天堂的途中回忆起我那甜蜜的罪孽

2019-2 伊斯坦布尔

---

① 恩里科·丹多洛(1107—1205):威尼斯总督。因其虔诚、长寿和老谋深算而著称,在第四次十字军东征和君士坦丁堡陷落时期扮演重要角色。死后葬于圣索菲亚大教堂。

伊斯坦布尔的两个咖啡馆

一个下午,我们去了两个相邻的咖啡馆
在道路同一侧,犹如欧洲和亚洲
亚洲咖啡馆像冬天一般空旷
装修风格怪异,像浴场,但冷冷清清
你尤其不喜欢那过分排场的柜台
灯光集中打向它,仿佛一个伟人站在那儿
对大众演讲,他们只分得一些微光
我注意到,它还为楼上住宿的客人
提供膳食。有人提着行李箱到来
这样也好,万能的亚洲咖啡馆万岁

另一个咖啡馆狭小、幽暗,如欧洲
再次出门时我们决定选择它试试
店员躲在一张不起眼的扇形小桌后
有时他就坐在厨房的门槛上
隐身于墙缝。在穿过房间时
给桌子下冒出的一条听话的狗指路
不经意时,的确会有流浪狗光临
(但它是怎么推门的?)这里适合辩论
和喁喁细语。我们激烈的亲密劲儿
空间被切分成了无限多的部分

每一部分都有一盏属于它的晦暗的灯
让一张桌子后的个体陷入被遗忘的寂静

2019—2

蓝色清真寺

在一个黄昏我来到这里，天空陷入了发疯的蓝色寂静在异教光亮下我看到一种奇幻的非理性的图景在头顶盘旋，臣民们，白色的海鸥在它的穹顶鞠躬栖落，将穹顶内部理性的教堂壁画一片片溅落下来

2019—2

湖居

我几乎度过了一个幸福的下午
手捧着书,躺在湖面上空
一条大鱼跳出水面,啪的一声巨响
随后就是更深的寂静

可我偶然打开了一条微信视频
一场军事演习正在进行
新闻播报员的声音
让睡觉的猫起身走出阳光房

猫一脸不屑,尾巴竖着
但它显然受到了惊吓
正弃我而去。无奈
而我只好寄希望于那条大鱼

2019-5-19

运河

一艘船疾驶在运河,船帮上
一位妇女舀起运河濯洗她的头发
那一刻,我的眼睛因惊讶而湿润

另一位妇女在她身旁择菜
但却是在另一条船上。我在岸上
观察着来往的船只,久久站立

我仿佛看见她们同时撩水,水
以不同速度下落,从她们的指尖
落入运河,就像一条幸福的鱼

也会变得不幸福。水就在身边
仿佛生活就在身边,如此轻易
那一刻,她们又一次感到满足

她们都采取跪着的姿势,仿佛
这就是生活的姿势,偶尔挺立上身
她甩动头发,而她走去船尾的厨房

我不禁好奇这些船负重的理由
缓慢的理由,煤、沙子,还有落日

映进天空,就如消失在一幅渔隐图

可船上什物齐全,生活被填得很满
甚至将一盆盆花草运到我的窗前
运河,漫过了我的门窗和纸页

我仿佛看到,在驾驶室的眼眶里
那船主拉着他的一船的哀伤
不在任一岸停留,驶向长江口

2019—7

梅李十四行

那里有一座聚沙塔
我并未上去,但在回忆中
我从塔里向四周望
仿佛我是一粒沙子

仿佛我的头颅变成了一座塔
正中的百会穴无人能够看见
痴痴地对着天空
四面窗户是四神通

来去梅李,仿佛一次午休
人们在戏台下饮茶
等待奇迹降临

那里有一阵烟云
足以让游客失神
我在那儿呼吸

2019-7-25

钟山

钟山，钟情的山，钟情于生活
钟情于死亡，也就钟情于生活

如此多的死亡堆积生活
如此多的祭祀堆积信仰

一个人行走，围绕着一座坟
一座坟，无数的坟，巨大的坟

在一座坟旁蜷着身子睡觉
在一座坟旁，在一张床上

呼吸着上帝葱绿的负离子
是谁把否定活在自己身上

我杯子里的酒给英灵喝
给英灵喝，也给无名者喝

在钟山，谁有我如此钟情
在钟山，谁有我如此忠诚

2019-8-23

兴福寺

一阵风带来福分,吹拂着你我
也带来经咒声,在半空飞旋着
像在驱逐一个淘气的妖魔
又渗透桂花香,凑近了鼻子

你站在桂树前悚然一惊
仿佛忆起了童年的冷香
我伸手想要折下一枝珍藏
却被一个鲁莽的游客制止

我绕佛三匝,听到十八罗汉们嘀咕
你为何不来,一日多日,一月多月
——他们是你的朋友。忍住嬉笑
和拥挤,对香客瞪大眼睛恐吓

宛如你在寺庙长大,你的脸
倔强而稚嫩,永远像一个孩童
那小和尚,我在佛堂诵经累了
醒来,发现手捧着惊喜的舍利

我突然看到你抖擞身子,展露
二十四种真身,从殿门鱼贯而入

霎时一阵金雨落下,你看着我
疑惑自己是一棵金桂还是银桂

为何你徘徊寺外,久久不来
你不来,寺门都在想你的脚步
在湖里荡漾,犹如莲花结籽
而钟声,想你的理解和倾听

2019-9-2

寺

我饮茶,面对一座亭子
像对着一个戏台

瓦松观看着我,但也有一棵瓦楞草
倒伏,以卷起经书的姿势

你不断来回走动,手捧着书
使我周围的空气飘浮着意义

有人从后山下来
带着佛塔的影子、真身和假山

秋老虎攀爬在屋檐,如爬山虎
蚊子又活跃起来,因焦虑而叮咬

我们仰头,观望前几天已开过的金桂
困惑于桂花暂时将自己隐藏起来,由于

炎热。我们离开了。我思量着,这个中秋过后
时间的凉意才能让桂花的香在半空凝结

2019-9-14

威海十四行

友人们坐船离去，我耽留在刘公岛
仿佛要发现更多，听到海中歌声
错过了熊猫和鲸，就仍然错过

从潜艇出来，人人出一口气
博物馆只剩下锚和桅杆，济远舰
右舷观察口，玻璃和铁的眼睛漂浮着
瞪视着对岸与昨晚，沙滩好细软

如同棋子深陷，哨兵在笼子里
那一刻连岛民也患上了忧郁症
由历史赠给，一个士兵的忧郁

从炮台返回，我们坐在游览车
面向与行驶方向反向的最后一排
竖起身子，四个历史的天使
交谈着，如黄帝占据了四个方向

2019—10—27

伊斯坦布尔的基督

在一个商店对面,我们遇见了你
苦惨着脸的基督,斜躺在地上
暂时歇息,在受难路上缓一口气
人们行色匆匆,几乎注意不到你

我惊讶不已,为你的出现
不是在教堂。那里,母亲的眼光
让你变得温柔,回到童年
回到婴儿状态,肢体无比柔软

而是孤独一人在这里,蜷缩在角落
如乞丐。这些天,我只见过一个乞丐
一个老妇,我给了她五个里拉
但对你,我真不知应该如何做

难以想象,这一带商贩会拿你取乐
但为何你的脑袋,被夸张地污损
被刺伤,不是荆棘,而是铁的针
是有小孩或街头流氓戳戳划划吗

肮脏的颜料和墨汁,与你的血混合
滴入你周围的泥土,流浪狗去嗅

主啊,为什么抛弃我?你再无荫蔽
一个塑料的基督,被丢弃在伊斯坦布尔

真人大小,像用旧了的医学人偶
又像一个稻草人,但是是为了吓谁呢
离垃圾桶不远,和垃圾摆放在一起
一个赤裸的基督不知道站起来购买

即使这一带批发衣物和鞋袜,即使
商人和小贩都笑眯眯地盘算着生意
一个愚蠢的基督丧失了你的语言
人类的语言,嘴巴痛苦地开合着

像一个失败的超人坠落在街道上
不再让儿童好奇,更何谈为你流泪
如果他们不欺负你,足可称为善良
仿佛只有皇帝和贵族才会毁坏圣像

你再也无法抵挡一辆推土车或坦克
在那儿低头沉思,直到新月升起
你一动不动,像一个恶毒的巫术仪式
一个诅咒,异教的悲剧,引起恐惧怜悯

几天之后,我们又在那里遇见你
伊斯坦布尔的基督,请原谅,我和爱人
匆匆离开,在街角的摊子榨了两杯石榴汁

鲜红、甘甜就如你的血液,虽然你已干瘪

2019—12—4

伊斯坦布尔

拐过街角,我们又一次看到那张地毯
挂在古董店门前。它抖动身子
仿佛一只奇兽散发腥臊的异香
皮毛艳丽坚硬,在游客的眼里颤动

又陡然溅起一阵浪花,仿佛
吸收了大海无尽的漩涡
折叠起来,避开了逼仄的陆地
倾泻进海鸥和异乡人的脸孔

而当它静止不动,凝结了土耳其
东部高山火热的、饥饿的风雪
牧人用地毯裹紧身子,让自己看不到
大海,纵然大海躲藏在那一张地毯后

我们迷路了,转了一圈又回来
就仿佛我们在一张地毯上行走
在伊斯坦布尔深奥的街区
迷失于它淫荡的花纹,它玄秘的针脚

直到它将星空深深织进了自身
我们双腿疲惫,眺望着黄昏

它露出时间的线头,像末日一样
飘浮着,向我们的耳朵吹送经文

古董店的小老头问我们:日本人吗
不,中国人。我们困惑于如何
折叠它,仿佛它是文明的累赘,而不仅
蕴含了一爿偶然的大海、陆地和天空

2019-12-14

在虞山

我们在山路上行走,时而
绕开那些行人
词语从你的口中流播如蜜

经过一座桥,我们在那儿
逗留,吸引小孩的东西
也将我们吸引

我们看白云,看天空,看树
看河里裸露的石头
看我们自己

我们又继续行走,来到
夏日的山谷,音乐停在半空
我们在那儿的咖啡馆休息

来到秋天的山巅,我们
看对面的城市
看湖,直到落叶覆满道路

我看到了穿青衫的言子和仲雍
在前面停住低语,又快速走了起来

仿佛害怕我们听到他们的谈话

2019—12—25

壮悔堂

我指点你看壮悔堂的蜡像
李香君的右手刚刚离开了琴弦
听不见琴声,一只燕子从她的手心
飞出,飞落屋檐,又飞向南方

她右手前方的侯方域战栗了一下
却并没有回头,也没有来回走动
抑或走到香君的身后安慰她
将他沉重的头颅靠近她的头颅

只是有人看见他暗中弯了一下腰
难道他因为对远方的眺望而疲惫
眺望门外的国度,想要摆脱责任
曾经,他也可以这样度过一生

可他眺望到临时聚集的军营
父亲的呵斥声,打破了他的迷梦
当他建议诛杀一个不听话的将军
他眺望到许多年后更为不堪的南京

一个夏天,我们在大厅内徜徉
我发出惊叫,在屏风后面

酷热的黑暗里发现又一对废弃石像
侯方域和李香君在他们的蜡像后谈恋爱

而一个冬日,天气如何寒冷
我和你走上西厢房,在楼梯口
我抱住你亲吻,我们的舌头纠缠着
雪花从天空的旋涡上升,抵抗着末世

2019

慈姑颂

慈姑……他想着,嘀咕着她的名字
她就在黑暗里开放,照亮了角隅
他恍惚看到了开花的慈姑
犹如他的女儿在黑夜哭泣

她稚嫩的肩头颤抖了一下
他感到慈姑的花开得更大
慈姑……他想着,嘀咕着她的名字
她就在门外的小径跳跃,生长

她就在门外的小径跳跃,开放
她就在门外的小径跳跃,歌唱
追寻歌声,他可以看到日光和月光
从窗口窥望门外的小径,和时光

慈姑,在离他一米之远的地方
一寸一寸生长,开放,歌唱
占满他的时光,仿佛他拥有
自己的时光,自己的日光和月光

使他惊呼,颠覆早年的命题
美是主观。还是,美是客观

可是，又有什么关系？他感到
他离慈姑一米的、永恒的距离

他离客观一米的、永恒的距离
不禁疑惑，如何才能达到客观
与之融合？疑惑，即使是在角隅
他被隔离，仿佛是他将自己隐藏

2019—12

蜡梅

它静静生长在园林一角
如果不是冬天，人们甚至
注意不到它。但现在，幽香
泄露了它，一个两百年的秘密

它被种植在1820年之前，那时
它的香在空气中氤氲
在园林流转，尚未被野蛮
被鸦片的香取代。它如此冷漠

但当你逼近了那棵蜡梅树
它充满柔情地呼吸着，胸腔起伏
贪婪地嗅闻自己，和你
原谅了江南、寒冷和冬天

在江南湿冷的冬天，诗人们似乎
无法思考，一旦思考会损害大脑
你模仿着鸟鸣，一只鸟鸣叫
在蜡梅树上跳跃，应和着你

你惊呼：罪过！眼看着手里
多了一枝蜡梅，两个世纪的秘密

我数了数，七朵花不同程度开放
四个花苞保守着幽香的秘密

在你把蜡梅枝插在窗前之后
蜡梅树依然在高处，在假山旁
凝望写生的人。挪开桌上那面镜子吧，我
感到，它正从静止的古典中向我们袭来

2020-1-22

烤炉

我们在小木屋里相聚
早晨,我已点燃了烤炉
拉开小小的铁风箱的门
把锡纸包裹的红薯放上去
挨着发红的黑色果木炭

我们闻到了燃烧的气味
虚无的气味,明亮的气味
与窗外的天光融合在一起

时候到了,打开锡纸后
一种主要的气味让人期待
红薯的气味,如此之甜

那是昨天烤了一半的红薯
它那将要泄露的气味
保藏了一天,又接续起来

2020-2-11

初春

我躺在院子的躺椅上
阳光晒得我全身发暖
我想要入睡,又不舍得
微风提醒我所知甚少

我躺在院子的躺椅上
我想要入睡,又不舍得
湖水折射的光在叶间闪烁
微风提醒我所知甚少

我躺在院子的躺椅上
我想要入睡,又不舍得
微风提醒我所知甚少
香樟树的叶子簌簌作响

柔和的鸟鸣声落入耳朵
我躺在院子的躺椅上
我想要入睡,又不舍得
微风提醒我所知甚少

我躺在院子的躺椅上
太阳悄悄西移,不动声色

我想要入睡，又不舍得
微风提醒我所知甚少

2020-2-27

南风

南风在阅读佛经
南风也会成佛,在我们喝茶的间歇

南风在朗诵佛经,以湖水的语言
南风的语言

南风将一句佛经抄写在了手心
给湖水看,给天空看

南风从湖面吹来,翻动
《大般涅槃经》

南风有时读得快,有时读得慢
有时喜悦,有时疲惫

南风也会感谢你
打开了窗子

南风在翻译佛经,勤奋的南风
在水面上,将梵文译成了汉语

2020—2

遗落之诗

你独自离开,进入黄昏
留下我,和一些垃圾待在一起

你遗失了一些事物,如茶杯里的茶叶
而茶杯里的水,仍在渴盼你的嘴唇

暖水瓶在草丛享受夕阳的余晖
身影被石子路上的石子挡住去路

秋千犹自在飘荡,如钟摆
整个庭院则如钟一样不声不响

吃剩下的黄色橘子皮(橘子瓣很快消失
在时间的胃里)让人想起太阳的蛋黄

月亮的蛋清挂在晴空的锅里,在下午
四点钟就已如此,等着你来煎

你转身离开,留下风,留下空旷
留下一个庭院,在一座湖边

那棵香樟树偶尔会说我们听不懂的话

对着庭院，对着湖水，对着天空，对着鱼

可它并没有发神经，抑或精神崩溃
而是风度良好，站立着，温柔而严肃

然而你留下我，犹如把风留在树叶
远处的山也渐渐沉入暮色

我们脚下的猫也想逃入夜晚
挨着你的双腿，你的叹息

你走开，进了屋子，留下外面的空间
仿佛人类汲汲以求的外星球，留下

湖、冬天、温暖、视觉、庭院
留下我，和我们度过的这永恒的一日

2020-2

眼泪之柱[①]

眼泪之柱在空气中发光,怀孕
诞下了黑海、马尔马拉海和爱琴海
向地下水宫汇聚,伊斯坦布尔
痛饮眼泪的眼泪,眼泪的女儿

眼泪之柱升起,在眼泪的瞳孔
生长在眼泪的大地,眼泪的核心
缀满眼泪的矿石,眼泪的星辰
在眼泪之柱面前,我仔细辨认

眼泪的脸,眼泪的眼睛,眼泪的嘴巴
可为何将拇指插进眼泪的洞里
许愿,旋转一圈就能试一试运气
为了要用眼泪的钥匙,打开眼泪的锁

谁也无法跨过眼泪之柱,回顾
眼泪的深渊。眼泪的太阳,在头顶闪耀
在眼泪的火山,眼泪的弥诺陶洛斯瞪视
眼泪的男人,眼泪的女人,眼泪的儿童

[①] 眼泪之柱:在伊斯坦布尔地下水宫之内,由奴隶建造。

在眼泪的伊斯坦布尔，我们徜徉在
眼泪的宫殿，眼泪的街道
从眼泪之柱传来奴隶们的喊叫
奴隶主的鞭子在眼泪的糖果里抽打

眼泪的信仰，眼泪的穹顶
刺破眼泪的晴空，眼泪的伊斯坦布尔
偶尔有眼泪的云朵飘过
眼泪的海峡，眼泪的欧洲和亚洲

2020

致友人

下午,当我在阳台看书,想到
你,却再也无法翻动一页书
仿佛你正站在我的面前
向我微笑,邀请我一起出游

祖国的山川正等着我们
可愚笨的我们,只知道争论
在一个冬夜穿过圆明园
听幽灵在月光的芦苇荡歌唱

——你有没有感到一丝惧怕
模仿一个无神论者更适合你
我们走过的夜路会记得你我
拥有自由,在黑黢黢的胡同里

你的妻子嫁过来,也带来
一个女儿。超越了血缘关系
你对世界的爱,常人难以理解
你对世界的不满也是如此

她们会一直优雅地活在世上
也许只有她们并未将你抛弃

你，诗歌的兄长，行动的兄长
你焦急的话语总在我耳边回响

语言要是没有行动还有什么意义
在黑暗中，我摸索纸笔，回到了
书桌，仿佛我们在同一个房间
在祖国，仍有不同于你的拘谨的空间

2020-4-24

鹿衔草①

他戴着鹿角,躺倒在草丛中
埋伏在那儿一动不动
慢慢变成白底粉花色的鹿
白底粉花色手帕掉在那里

静静地发皱,散发鹿的气息
他卷起草叶,发出鹿的叫声
引诱异性。雌雄亲切的叫声
又引来雌雄,终于难辨雌雄

他一脸端庄,等看一场好戏
那口技的求爱,凭空为自己
创造出一个、数个活跃的鹿群
他们在平地上奔跑,牝多牡少

真实的雄鹿只有一只,而雌鹿
有多只,更多的雌鹿听到叫声
前来欢会。在雌鹿瞪大的眼睛里

---

① 鹿衔草:《聊斋志异》有《鹿衔草》篇:"关外山中多鹿。土人戴鹿首伏草中,卷叶作声,鹿即群至。然牡少而牝多。牡交群牝,千百必遍,既遍遂死。众牝嗅之,知其死,分走谷中,衔异草置吻旁以熏之,顷刻复苏。急鸣金施铳,群鹿惊走。因取其草,可以回生。"

雄鹿看到自己已死,雌鹿们嗅出

它已死,四散谷中,衔来了异草
香气在雄鹿唇吻上熏蒸,顷刻
它复活了。戴鹿角的人敲响锣
吓跑了群鹿,剩下孤独的鹿角

梦境消失后,他伸手去捡拾
耳边异草的奖赏,嗅了嗅异香
晕眩在山中,熬过了整个寒冬
他给病重的爱人带回了鹿衔草

2020-4-25

在一辆以色列救护车前

在一辆救护车前
一个犹太人,和一个阿拉伯人
祈祷,朝向相反的方向

犹太人披着祈祷披风
向着耶路撒冷方向
披风让他的祈祷声飞上青天

阿拉伯人跪在一面小地毯上
朝着麦加方向
清洁的地毯飞起来,听着祈祷声

这一刻,他们的神,耶和华和安拉
分别从驻地启程向他们飞来
相向而行。来到他们面前
向他们悄悄耳语:救护车就是你们的神

2020-4-25

炒菜赋

刷锅时,我感到
左手端着的锅
就像盾牌

随着我年岁渐长
生活的盾牌
越来越坚固牢靠

那么炒菜时
我右手拿着的勺子
一定就是矛

我一手持矛
一手持盾
生活的姿势千年不变

2020-5-15

在海上

一阵海风,将我手中的纸页吹散
仿佛一只只海鸥紧追着船尾
它们温柔的翅翼扑在我的脸上
让我闭上眼睛怀恋,懊悔不迭

但我眼前却浮现一片火光
我和纸页在海面一起漂浮着
进入这一片火光,在我的故乡
在天际燃烧着,不见灰烬

我的儿时,注视着一场大火
那时,我怎知道,当时我
流的泪水,帮助我下定决心
跨越了大洋,也增高了大洋

我的老师秃鹫一样停在院中
用木棍拨开著述的灰烬
好让火进来呼吸,和我一起阅读
好让他像秦始皇一样焚书

我被吓哭了,却阻拦不了
一个书生,他连自己的书也要烧

就像中年时，他向皇帝奉还了官印
我的老师，朱九江，就站在火光前

连他的诗都焚毁了，可此刻
我又在茫茫大洋读到其中的一行
铿锵有力吟诵天际，由火之舌。而我
有为，无为，终将认清那张被抄走的世界地图

2020—10

拟鲁迅诗意

阿特拉斯在远方咳嗽了一下
让人心惊。半人半神已不时兴
虽然仍有余威。我咳嗽一下
声音最远传到卧室,震动纸页

我虚构了我,但已成现实
我也摆脱不了,犹如肺部的阴影
让菩萨,轮回中的战士受到赞美
我不是我,我是我的蝉蜕

我太傻了,和那富翁相比
他用一车的珍玩吸引儿子
走出火宅。祝融还在巡游
大力士将成为小儿的玩物

我想要一个人肩住黑暗的闸门
也是轮回的闸门,就有小鬼
来扯我的裤腿,只要不挠我的胳肢窝
我就不怕,我最怕痒

疼还在其次。谁不怕疼呢
除了麻风病人,和施虐受虐癖

老鹰从不喊痛,兔子和小鸡
如果不喊痛,就会为老鹰辩护

然而那火宅,是不是我燃烧的心
由我的心火引起?我饮浓茶
如何得到一片清凉,一片净土
菩萨从窗外经过,留下烦恼

2020-10-11

女明星

何时,你突然感到她的歌声
从冥间传出,她才能获救

她的歌喉,她歌声中的梭子
可会被另一个纺织女褫夺

她的歌声来自地府的春天
花朵照样开放,月亮照样升起

她生下的孩子找不到爹。怕她
精神病发作,她的生母不敢认她

她只有成为一个旧时代的孤儿
她所有能想象的温柔已被埋葬

她模仿的人物,也在模仿她

她不认识汤显祖、莎士比亚

否则她就会真正进入共和国
她就会被任何一个现代作家搭救

2020-11-1

青岛十四行

海鸥像游人飞向海岸,偶尔闯入
一张相片。除了诗,还有幸福
轻盈而带翅翼,神圣之物转瞬即逝
沙滩上,老人向年轻人兜售贝壳

青岛人在赶海,从礁石缝里捞起的
是海藻,还是海蚌,在阳光里闪耀
民间艺术家在捡石头,将大石头摞在
小石头上面,表示两个人,做成石雕

老舍故居闭馆,没遇上骆驼祥子
免了尴尬,听他抱怨命运:为什么
你们现代作家都把劳动者写得这么惨

热心母女为我们指路,可是徒劳
在星期一,不可去的并非只有博物馆
基督教堂高耸,但上山的窄门紧闭

2020—11

即墨十四行

我没有去海边,有点遗憾
只在黑夜的阳台瞩望那一片灯火
早晨去看时,时间已被雾缠绕
我们各住在一棵树不同方向的树巢

从酒店到图书馆,我们的小宇宙
不无愉悦,抵抗着大宇宙的诱惑
仿佛同一层书架上无人借阅的书
挨得再近,也无法彼此打开阅读

一座新建的城,迁出的部分在哪里
古城引起疑惑。而故城只剩城墙
出土铜镜、弩机和铁钱范

在文庙,我们不满它的简陋。不愿意
进县衙,仿佛我们中有一位齐桓公
在即墨古城,我们错过了一座基督教堂

2020—11

长啸

我谈论远古的风俗，他沉默不语
我谈论风雨，黄帝、神农
夏商周，孔子和老子，他沉默不语

他箕踞，像城市中的一个乞丐
仿佛他在画一幅地图，双腿之间
藏着宝物

我以为他是一个傻子，离去时
由于失望，长啸了一二里
可刚出山口，就听到他的啸鸣

让宇宙的耳朵再一次苏醒
他的啸声凝结在了天空
让我不能动弹，如残破的丝弦

他的啸声遏住行云，震动林木
由于抑郁，他成了百兽之王
让鸟兽起舞，胜过人君

啸声中巨石落下，我泪水涌流
看见士人南渡，女娲身影凌乱

已无法相信宇宙是一支笛子

他喉咙中的利剑再一次劈开了混沌
仿佛我在黄河，听到他在长江啸鸣
陶渊明抱着残破的琴，啸而无声

仿佛我在华山，听到他在泰山啸鸣
我在华山啸鸣，他在泰山应
我在长江啸鸣，他在黄河应

2020-11-13

瀑布

起初,我们走在开阔的峡谷里
没有意识到瀑布正躺在脚下
酣眠,偶尔抱着一块冰;直到
被我们惊醒,才睁眼站了起来

空间仿佛弯曲了,但皱褶
又被一只无形的手悄悄抚平
虫子经过翡翠潭平静的表面
大喊:黑洞!消失入漩涡

想要挨近瀑布而不能,我们
向高处攀登,偶尔看瀑布转身
由山道诡谲上升到瀑布的头顶
希望这一条瀑布会饶恕我们

另一条瀑布在右前方出现了
仿佛右手可以触及;身后的瀑布
挥洒在山下,几乎听不见声音。而上方
又一条瀑布正无声面对着我的脸庞觑视

它们背后是否还有另外的瀑布呢?就像
神之上还有更高的神,至高之神

在青天后隐藏。我相信了隐士的存在
一块哑默之石,于浑圆的水声中流转

回想在半山亭,望见千仞立壁上
一座自然的神龛,却看不到偶像
是放弃了凿刻,还是已然剥蚀
留下一片空无,让云雾来徜徉

2021—1

梦树

我站在过道上看寺碑,忽然听到
嘤嘤嗡嗡的声音,在头顶飞舞

这是春天了。连蜜蜂也会念经
对着一冬的骨殖,梦想舍利

回过头来,我看到了墙边的梦树
恍惚中,看到自己的前世和来生

像一对情侣拥抱:结香花流涎
轮回的杯子开着口,引诱蜜蜂

让我站在那儿,愈发感到孤独
是谁在寺庙里种了这一棵梦树

植根于你的梦树,香气打着结
在枕头下吃了你昨夜做的噩梦

一座寺庙建立,在梦树的香气里
仿佛一只采蜜的蜜蜂在那儿飞停

2021-2-19

园丁

在彩衣堂,在翁氏故居
我遇见了他
眉目开朗,清晰无比

我们坐在给游人准备的石凳上
我看着他去照顾那些花草
在一面墙上,天气乍晴欲雨

他必是欢喜的人
引起我的困惑
——他到底是谁

有一阵子我甚至觉得
他是陶渊明
但这是翁同龢故居,怎么可能

在恢宏的帝师之家
在状元之家的一角
有一个人自得其乐

他轻松地走过去了
却让我变得一身沉重

对着眼前的石桌沉思

2021-3-4

脉望馆

你坐在南方湿冷的馆中
面对一张寒冷的古琴
双脚冰凉,寒气从地下袭来
直到你拨弦,梅花开始在庭院里走动

若有所思地在庭院中游行
暗香浮动,让你周身温暖起来
桌上的沉香也一起点燃
你的思绪震动了空气

鞠通在一丝弦上向你张望,好奇地
它抱着琴弦睡了一个晚上
在脉望馆,你想要在翻书时
看见脉望,又害怕看见脉望

温柔的气息唤醒了蠹鱼
托、擘、挑、抹、摘、抹挑、圆搂、索铃
都在你十二岁的眉毛上展示出来
可有琴音阻滞,凝噎在寒冷的空气

你等待,在琴音的中断里
等待下一个预警的音符,不让你

囚禁一把寒冷的椅子
无数的镜子，无数的你等待

你接着弹，沿着沉默的屋檐
一阵狂乱，雨帘从四面落下
从窗口，你可以看见我
停在中庭，月光也徘徊不去

你想象自己站在庭院的中心
看着四面雨帘，不沾湿衣裳
在那一面空间里我们相遇
我出现时，你正苦练技艺

你皱一下眉，琴音传给了
一年后、五年后、七年后、九年后
十年后、二十年后的我，正和你一起到来
你终于等来了一场雨

2021—3

钟

钟声吸引着我,像荒野中
一个不断扩大的圆形
几乎触及太阳,令池塘干涸

谁能听出那钟上的裂纹
不易察觉的人形裂纹,在空中
回旋,就像圣贤的哭泣包围了我

2021—4

出埃及记

我降下瘟疫
我用雷电说话
我杀死婴儿,我降下咒语

我看到我的种族分散在田野
仓皇奔跑
暴君的车辇在山间奔驰

我走过红海
人民的眼睛和暴君的眼睛
一起望着我

海浪淹没暴君的眼睛
让海鸥降临
猛啄

红海在我体内上升
一望无际
就要淹没了暴君的喉咙

谁的歌唱
红海

一动不动悬停

2021-4-7

西西弗斯

偶尔,从窗口里,我听到海浪
急切地呼唤我的名字,像一个情人
我不禁热泪盈眶:在大海的眼眶里
我的泪水和情人的泪水涌流在一起

那一刻,我卸下了自己肩上的负担
一身轻松,可以自由地在海滩奔跑
退潮时,拾起一颗小巧的石头
摆在窗台,放花盆里作为点缀

大海睁开了眼睛,已不再哭泣
黑松的睫毛耸动。从窗口看到
我不能确信我自己的幸福
如果我不看它,大海是否还在

它本为注视而诞生。而如果它
不看我,我是否会再一次迷失
留在荒谬的悬崖顶,长久地
望着天空,望着永生,望着虚无

那块命运的巨石终于掉进了海里
哗的一声,或竟然无声无息

碎成了无数浪花，大海在推动巨石
而阿佛洛狄忒赤裸地在我面前升起

我想要重新生活，在她注视的怀抱里
变成婴儿，那时我会重新想起我是谁
一个人类的国王，想要挑战死神
我害怕我一睡着，大海就消失

2021-4-16

海边的少女

一个晚上,涨潮时,我们在沙滩上
遇见一位有点肥胖的少女
耸立着巫师的身影,在她脚下
她晦涩的装置就要被海水淹没
那是一只船,还是插在水里的棍子
她是在诅咒,还是在颂祷
分不清,我们从旁边迅疾走过去了
你说少女多可怕,可我觉得,不过是人类

2021-4-16

虾

从海鲜市场,我买了一斤活虾
仿佛为热心的推荐感到愧疚
老板娘说:我把你们的胃口养刁了

在出租车上,我攥着发沉的袋子
庆幸它们没有动,我感觉不到
却看到了它们在水里游动的样子

为何我不买一斤死的虾呢
回家换水时,它们又活了过来
现在它们真的要因我而死去了

有一只虾从篦子里跳了出来
我感到它的样子很美,像少女
我有心要救它,就伸出了手

拯救的手指,也可以谋杀
我感到自己的残酷,这是
生而为人的残酷,我并非没有料到

如果虾是牛,就会发出叫声
我走在海边,就会一直听到海洋的牛

哞哞地叫着,像从齐白石的画里传来

2021-4-20

时钟与房间

为何我看到时钟,时钟就停了
它一直看着我,直到
我的伤口流出鲜血
它的一根指针,永远指着我
想摆脱也摆脱不了
像一段令人感伤的旧曲调

被指针指着的我
就如在梦中无法移动
听着房间外暴风雨的声音
变成一只绝望的狮子
窗子全都拉上了帷幕
我才没有外出捕食

是谁说,时空错乱了
但被一只无形的手悄悄校正
银河勺柄寂寞转动
宇宙幽灵围坐交谈
我在房间里咆哮
就像一个疯掉的上帝

2021—5—4

笔迹学

除了签名,朋友还要我
写一句赠言。我答应了
但总要踌躇一番才敢动笔
没练过书法,我不够自信

虽说,我并不惮于签名
就像我习惯我是我
参与一项严酷的训练
有时不得不轻松幽默

怕别人窥见命运的秘密
又怕一目了然让人失望
怕太过真实惹人厌烦
其实是怕别人觉得我的字丑

当我还是孩子在院子里作文
一位成年的乡邻赞叹我的字
我的父母很不解,不相信
我也疑惑地反复翻看纸张

从那稚拙的龙飞凤舞,仿佛
能读出未来潇洒飘逸的形象

那字迹潦草，晦涩难认
但他已看到一种倔强

2021－6－20

猫

常常我觉得出去一整天陪人
还不如回家和我的猫
待在一起,接受教育

一个简单的游戏就可以满足它
让它练习体操,融化全部矛盾
软与硬,肉垫与利爪,圆与方

它在家里睡觉,做着清梦
有时又蹲在窗台看海、沙滩、蓝天
逗弄我的文竹的叶子、我的节操

它迈着虎步,来到我的面前
撕咬我的纸页,压弯我的圆珠笔
虎威不再,发出惹人怜爱的喵呜

我很少看到它爹毛
既无鼠可捕,亦无恶需要抨击
它在房间内耗费着热血和雄心

2021-9-19

辑二(2015—2018)

谒比干庙

仁人不可作,牧野尚遗祠。
　　　　　——刑云路

当我们穿越雾霾在大地上疾驰
比干也正在马上狂奔,身体微汗
疲惫地摇晃,和我们朝向
同一个地点:新地,或心地

他想要变得轻松,轻松,轻松
那神驹犹如闪电,他无比轻松
直到遇见一位老妇叫卖空心菜
才停下,轻松而疲惫,长舒一口气

他忘了一尝自己那心的滋味
从容剜心后,他为何自己
不先咬上一口七窍玲珑,而是
将它掼在地上,像宰杀一个仇敌

后悔给妲己做了美味。但问题是
越残酷,就越美妙。——我的血喷向
未来:一种惨烈的时间已经开始
我的剜心,难道不胜过她的炮烙

皇帝们为何不绕开我,仿佛
要进行一种教育?就连孔子经过
也愤怒地用剑刻下"殷比干莫"
仿佛要用我喂养一个没有心的民族

仿佛只要一片心,就可以让国家安定
请,完成这心之辩证,但不要剖心!为何
竖立在黄昏,那些碑,律诗的大理石镜子
不管谁写下,一千年来都回响着杜甫

2015—2016

在佛前

我坐在佛前,避开毒日
在石窟旁边的阴影里休息
一只竹节虫嗅到我的鼻息
在我眼里假死,生彼世为佛

同行中一人返回入口
寻找导游解说。佛像沉默
我伸出手想要触摸,听到
了悟的钟声,仿佛在寺庙里

不禁焦急地回头:河面上并无
船的影子;横越河流
但火车在远方缓慢通过
让人以为普度众生并没有那么难

导游来了,让人沉浸于故事
三世佛的脸逐渐模糊,由于
朝廷更迭而停歇,让工匠惋惜
构树下的石头,长出了牡丹花

而那尊长耳的佛,面容愈加清晰
接近一个必然掌握权力的女人

当她失势，它还在接受景仰
一个女佛，老聃也许梦到过

隔河的黄昏，我们乘游览车离开
大佛在对面离我们更近
在此世我将离佛更近。再见，大佛
明晨的第一道光将照在你身上

2015—6

写给一只猫的一首十四行诗

它静静蹲在窗台,无聊看外面的世界
被街道、天空和房屋草草分割
它想要进入而不能的世界的瞳孔
它自己的瞳孔,尚未闭合,成为平行线

世界完成得太早,却无法满足一只猫
它毛球般的形象,只能让人想起消极
隔着玻璃,它窥伺一只小鸟,如果
梦也可以出击。它飞离。它坐着入睡

这胜过它用目光探询你,虚假的主人
咕噜着,老虎的血液在这个夏天上升
伸出了手爪,它想要叫,但声音已哑

但不如另一只猫,对一页书着魔,要
抹掉一个字,为自己驯养一群魔鬼
我正走近窗台,茫然地望着外面的世界

2015-6-25

乡村教堂

乘坐汽车时,看到乡村教堂
犹如一种意外的福分
仿佛它蕴含了风景中全部的快乐

贪婪地,我看着一棵棵树
急速退去,又重新浮现
仿佛树后隐藏着一个好奇的儿童

这种快乐,和饥渴很难区分
在田野里合成了农人的空白
我知道自己将很快回到故乡

但看到那白色的教堂尖顶
兀自在天空中闪烁发光
让我震动,仿佛又看到了儿时的希望

虽然只有一瞬,但经历了四季
那在下面走动的人们
我对于他们的感情如此陌生

而他们的感情可又如此悠久
让我难以再谈衰败,树叶飘落

但家门口的那只羊不停在咀嚼

2015—11

阮籍[①]

终于,我感到使尽了平生的力气
摔下山坡,仰面躺倒
而它竟然还趴在我的身上
毛茸茸的,像极了一个噩耗

但却是现实,比噩梦还要可怕
后背一阵疼痛,仿佛大地开裂
露出镇纸的大理石
我的颈椎也成为抵触的墓碑

它是否来报仇的猕猴
记恨着我恶毒的词语
此时一只鸠也鸣了两下
我照样无法理解为播种

它降临我的头顶,仅仅
因为我违背了孔子的教诲
一个预兆,我竟不知
该报以白眼,还是青眼

[①] 本诗灵感得自阮籍《搏赤猿帖》:"僕不想歗尔梦搏赤猿,其力甚于貔虎。良久反覆。余乃观天,背地,睹穹,亦当不爽。但仆之不达,安得不忧?吉乎?执我。凶乎?详告。三月,阮籍白緜君。"

当我的眼珠骨碌着老庄
一旦定睛，鬼魂也会害怕
仿佛隐藏着一个刀斧手
我小心翼翼地出现在铜镜中

反面的人，反面的事物
鱼虫一样爱慕我的呼吸
当我的预言成为现实
毛茸茸的，像极了一个启示

但我实在难以理解它
甚至并不认识它，犹如一个生物
面对另一个生物，天地间的惶惑
天地只是颠倒，可毕竟还有天地

它该是混沌、穷奇，还是梼杌、饕餮
——看守着四方。我本该陶醉于中央
但每天早上，却由于愤怒而起床
又由于平息就寝，总不想真见到麒麟

我分不清它是龙，还是龙的后代
一个过时的妖怪，还是一个未来的异形
和它瞪视，就如寻访宇宙大爆炸的奇点
但拒绝它的拥抱，也没有让野猪追上我

这让我稍微心安，虽已十分窘迫

被它的双臂捆缚着,就如
两只拥抱的苍蝇在天空飞行
撞到松油,嗡嗡的声音突然中断

克制着技艺,不发出呻吟
何况我曾向孙登学习过啸
一旦噘起嘴唇,就足以令
满山野兽由于快乐而奔跑

攥住我的手臂,却没有口吐圣旨
它是蛮横的将军,还是勇敢的美人
我宁愿无知酣眠,在美目睇视下
也不愿醒来答应女儿的婚事

或为那一节委屈的历史打腹稿
我遗失了我的剑,这并非自愿
与其说我的剑术已经生疏,不如说
我的剑渴念着我的手,那纹理的抚摸

我驾车飞驰,并非为了穷途之哭
而是在寻找新的可以登天的建木
从天而降的生物将我扑倒在地
作为对我的报复,对世人的警告

也许我会失望于它不过是一只猿
就如我和人类。哪怕它的皮肤

有着20世纪的颜色,东方的颜色
它的眼睛也不过是两个茫然的血洞

我似也不应该指责那片土地的贫乏
也许正因为我的刻薄,它
才进入我的梦境,又像清冷的蝉蜕
消失;只留下我,忠诚于一个虚无……

2015—11

燕行录

经过白色的海浪,接近昏暗大陆
或从盛京,突然勒住马来到北京
人们异样的目光,注视着我们
仿佛我们是鬼魂在大白天出没

更有小孩子围绕着我们飞奔
撞到大人身上。摸摸我们的衣襟
想要一探虚实,内里可只是木偶
但我们有血有肉,还有羞耻

笑嘻嘻的小孩子,止不住的好奇心
应该获得原谅,虽然我们并非野人
但大人们的讪笑几乎引起了我的愤怒
中国人的笑容,总是让我们困惑不清

直到一位好心的男人,指引我们
去街市另一头看一场戏,仿佛
看到了镜中的自己咿咿呀呀,我们是
优伶,也是幽灵,大地上跳跃的火焰

在宫廷里看戏,更让接下来
朝觐天子的日子变得不是滋味

仿佛那演员半真半假地献上寿桃
更有穿我们衣服的猴子飞来飞去

只有与一位清秀秀才的手谈让我安心
他想与我换衣服穿,于是在纸上
写下足以让他掉脑袋的字句,为什么
啊,为什么我们还穿着古代的王阳明的衣冠①

2015-12

---

① 朝鲜使者衣冠乃"古中华礼服",有"先朝之遗风",清人不识者乃以为当时之戏服也。

圆明园

那是在园中游人不多的时候
蜘蛛也大胆地放下了一条丝线
又秘密地隐藏在天堂的垂柳
仿佛要对尘世作出一种挽救

此时一定可以听到神秘的声音
我不知道是什么。然而你却听到了
鱼的声音。有人过早地听到了蝉鸣
有人一如既往,听到四季的鸟鸣

你思想着可以在这里下起鱼钩
和你的一位朋友,并引起他的艳羡
你幻想拿着鱼,而他拿着蚯蚓
但是从水底却冒出一种烧焦的形象

我一定后悔引来了你们,没想到
你们玩心如此之大,又贪得无厌
当你们围拢福海像围拢冬天的火锅
我只好在你们后面的初春踱步

也许我还思想着你们少了一些葱蒜
和盐,因而想要到山坡上去寻找

但在椅子旁,道路上迎面跑过来
一个脸部烧伤的人,五官如焦炭

我看见。但如何向你们诉说
这并非我的虚构?但又不忍心
打扰你们,轻闲而又清静的样子
哪怕你们钓上来一条美味的僵尸鱼

2015-12-24

给菩萨的献诗

当菩萨低头,对我开口说话
我如何对答而不显得痴傻
仿若天穹霎然裂开一个阙口
伸出霹雳的爪子,将我紧抓

盲目于观看,否则世人
又该如何承受沉默的菩萨
用眼光敬拜吧,犹如后世
情种大胆地盯着画中人

她看似娇小,却隐藏着宏大
每次被看都仿佛再一次出生
她的脸也由小变大,由短变长
在那永恒的三小时中完成汉化

你低头时,飘逸的秀骨清像
映出魏晋南北朝的菩萨造像
你抬头眼望远方,广额丰颐
又浮现出了丰满圆润的盛唐

当你回到我们的时代,哪怕
你急匆匆的一瞥也宁静安详

我愿饮尽你黑夜的泪水,如甘露
并珍藏你偶尔转身的悲伤

2016

阿基里斯与龟

阿基里斯,为什么你跑得这样快
你看那乌龟,步子很慢,可又很美妙
还大胆地将头伸向天空,一边跑
一边留意风景。回头,也并不是看你

一路上,你看到一连串缓慢的乌龟
这让你困惑,也让你不自觉地微笑
你的影子在河里,如刀片,让鱼躲闪
而乌龟的影子却永远无法离开大地

它如此渺小,就像是孩童,而你是
俊美的青年,未能超越就已经衰老
最好没有终点。谁又追得上自己的孩子

就好像它是童年留下的伤口,而你跑去
治愈:但它是时间,又是空间尽头
你跑得这样快,不怕脚踵离开了地面

2016—1

复仇①

薄暮中,十几匹马,站在台下了
我疑惑着自己,该不该出场
忽然就看见一个蓝面鳞纹的鬼王
擦亮黑夜,闪电般占据世界中央

人群噤声,出现一条沉重的道路
我从容跟上,看穿他狰狞的面相
缺少一颗恐怖的心!甚至他的左心室
还在嬉笑,匮乏一种游戏的端庄

然而就这样他吸引了一群孩子
跟随他,跃上马狂奔,驾临坟场
乱石匍匐股骨头,杂草蔓生毛发尖
一时全消失。只磷火在闪烁、躲藏

下马大叫,将钢叉信号般掷刺在坟上
他们不知道害怕,我却看着脚下
防止他们跌倒(我绝不会给孩子们使绊)
又信仰一样收回,上马回到台下

---

① 此诗改写自鲁迅的《女吊》。

那掷钢叉的情节就又预演了一回
钉在台板生根,那孩子一脸红窘
他们终于完成了什么,仿佛没了魂
坐在大人的板凳边,充当观众

他们带来的鬼也夹杂在观众中
痴迷看戏,而并不害人。他出场
引起一片紧张,将梁上飘下的白布
绕在身上乱舞,末了却只缠在脖子上

眼看他就要跳下高凳,铙钹声突停
于人们嗓子眼,仿佛一对蚂蚁在出征
他跳下,却一下挣脱了白布包裹的牺牲
他自己之死之圈套高悬之独眼之愣怔

一旦他忘情于表演,忘了板凳的高低
那白布在身上越缠越短,宛如他的生命
就有台下的鬼瞅准机会,秘密地上台
将白布系紧,打一个死结在生命的脖颈

这回吊死的是谁?是人还是鬼
是那演员,还是他演的吊死鬼
一霎时台上乱作一团,恍惚难以认清
一人冲出后台,那一鞭打了谁救了谁

一面镜子高悬在后台,正好照见悬在

大梁的白布,也照鉴那演员,那人,那鬼
当镜中空空,不见一只孤鸾,只剩白布
表明了安全,鬼的求爱,终于被人击败

他于是奔向台下,一条沉重的道路
和小孩子一样奔向河边,洗去粉墨
为此哪怕染上泥污;挤在人丛里看戏
慢慢回家,仿佛擎在手里的曲院风荷

我永远不会出现在后台火热的镜子里
那人拿着鞭子念念有词,穿着我的缁衣
干着我的活计:镜子的确会映出两个
但只要不映出我,就不会让我白白惊骇

我的身影隔离着幽冥,如珠玉环绕
舞台。如此亲密,却不会被他们讹诈
那粉面朱唇的她,也只能妄想孩童
觊觎一根青葱的生殖器,犹如哪吒

红色的鬼很是可爱,如红色的细蜡
不用点燃已令人陶醉。你立在暗夜
两肩微耸,四顾,倾听,似惊,似喜
似怒,慢慢唱道:奴家本是良家女

可为何你不能唱:哪怕你铜墙铁壁
哪怕你皇亲国戚!你本来是要做厉鬼

无奈换成还阳的红妆。我怜爱着红妆
将男吊赶跑了,忍心去让你讨替代

人们怕你来,年末的锅煤绝不会落成
愚昧的黑圈子。你的怨恨得不到原宥
我怜爱着你,可是你如此迷信;既然不想
讨替代,为何你不到世间向人类复仇

2016-1

牧野十四行

在博物馆,有小孩跳进模拟的战争
火把,其实是灯,却冷却了冷兵器
时代的热血。在难认的汉字前默立
仿佛在博物馆之外没有持久的文明

身边的一条河也沿着地图前行,如
船帆涨满了风,此时,柳丝牵引大地
此时,若生活在远方,恶也在远方
若生活就在这里,那么善也在这里

留够食物,不下楼能否成为陶渊明
就仿佛孔子的车轮经过,这里的人
在梦中;多么可惜,我也不曾失眠

我原来一直枕着白骨,酣睡在古战场
某个清晨,由于愤怒而起床,想要为
这个国家挽回点什么,但只微笑着走进课堂

2016-3-3

普希金

俄罗斯,欧洲的法庭和衙门
将我驱赶,挨近亚洲的屋檐
但世上可有如此傲慢的母亲
我已甘愿戴上亚洲的锁链

我抵抗着诱惑:总有一位女子
耐心地爱着你,等着你被流放
好做十二月党人温暖的妻子
追随他深入西伯利亚的荒凉

俄罗斯,欧洲的堡垒和屏障
幅员辽阔,吞没了蒙古人的侵略
才没有引发另一场十字军东征
在战争的间歇留下草籽和血脉

改变着地理和民族的容貌
但俄罗斯,也就从来不属于亚洲
虽然教会让你和欧洲分道扬镳
耶稣基督的文明毕竟因而得救

鞑靼人也没有敢越过我们的西部边境
将我们抛到他们背后,抛给欧洲

但我们也没能参与它的任何伟大事件
只能闻闻西班牙烟草,观望希腊凤凰

不同于鞑靼人,蒙古人挤在
那一角地图,他们到哪儿去了
是否停在了亚洲,在那里
无望地眺望着大海

2016-4-28

核桃颂

人的脑子速度非常之快
快过了会议、闪电和时代
没打腹稿也能顺利通过,最多
双手抱紧头脑,当致命一击到来

像受难的知识分子保持风度
它的形象变成了可怕的启示
谁也不会注意路边的核桃树
当它默默从风景中结出智慧

完美的智慧仿若一阵风消失
脑子空了,脑壳散落一地
只为了品尝这智慧的标本
从小我就会在门缝里将它挤碎

而现在,时代的巨锤已然倾斜
弃置不顾,我已慢慢熟悉
女性的核桃夹子温柔的姿势
慢慢加强力量,直到它迸裂

我吃着这些人脑以形补形
谨遵中医的教诲,毫无悔意

没有人能够指责我,除了
我想起那核桃就像我自己

2016—6

忧郁共和国

这是一种普遍的忧郁，忧郁共同体
然而，是谁纠正说：忧郁共和国
区别在哪里？你认识最多的树
但这种知识无益于公民的美德

甚至因此难以成为合格的公民
树，比人多。树的种类更是
多于人的种类。但这不会让你气馁
而是更加兴奋：可以用一生去认识

作为一名不可救药的唯名论者
也许只有上帝才能将你宽恕
反对他就是反对自己，而不去命名
就连忧郁的上帝也丧失的部分语言

果实一般落进诗人的梦里，成为诗
剩下的语言岿然不动，成为教科书
你在大街上和友人轮番抚摸一棵榆树
的树瘤，由一个儿童的膝盖撞出

可有人却想要挖出它去换一所房子
嘤嘤嗡嗡，如蜂巢，而又突然安静

它的哭泣氤氲着来自灾难的美,暂时遗忘
对于繁忙采蜜的人民,它就是伤害的首都

你送给我一本野菜图谱,我深知
你并不是李时珍,隔膜于治疗的意涵
在江南,你分泌完你的多巴胺,你的快感
图画中的古典女子让你从苏州追随到杭州

盛世路不拾遗,只有醉汉卧倒
垃圾桶旁桂花树下有人讲故事
唯名论者孔子也许是忧郁的博物学者
你是他的不合格的信徒,片面的信徒

人人都张开嘴咬走一快忧郁的圆桌
我告诫自己不要皱眉。你声调高昂
引起我的担心,仿佛站在水边
但每一个人都免不了自作自受

当你的忧郁成为一部著名的法律
我们都应该唱和,像喝醉的官员
翻阅忧郁的词典,忧郁的百科全书
我们将更像一本忧郁小说中的忧郁人物

我伸出了辽阔的手掌,仔细辨认
汉人的文明在河南一带挣扎
而看到我的子孙无限,正向海外蔓延

流播：那时，我终于学会古国的温柔

2016-6

自《圣经》的一页

我醒来,倚在床被上
右手被一本书压得麻木
它为何没有滑到床下
风好奇地进来,自窗户

又悄悄踅到另一个房间
去翻阅那些受到冷遇的书
而后一转身来到阳台
在那里停留,大方张望

我的灵魂没有在白日
和太阳嬉戏,撇弃了云海
抑或上升到群星之间
徒劳寻找黑暗的故国

一位女子在远方想念我。她
本想要从我身上取走一样东西
但看到我在睡觉,索性作罢
现在她正因她的正直懊悔不已

我是否梦到了天国的容颜
当我返回,手里没有玫瑰

而只有一本书作为物证
孩子们在楼下对一只皮球叫嚷

我没有遭遇刀兵水火
瘟疫窃贼,应该感谢
当我睡着时,神也在这里
像风一样走动,看护着我

2016-6

书房逸事

母亲闲来无事,检视我的书架
将《圣经》和几本佛经分层摆放
声称它们是如此不同。其实
经书杂乱的那一层空余宽敞

母亲轻易说服了我
我的思想应该更有条理
不应该轻信它们绝对居中,虽然
它们就像我的左心室和右心室

母亲将它们分开放置
就为我减轻了压力
仿佛她重新布置了星空
以加强一种福佑

即使耶稣和佛陀
像一对兄弟那样亲密
坐下来攀谈
他们也会起争执

——亲爱的耶稣基督,生活在
这个国家的人不值得你这样付出

——亲爱的乔达摩·悉达多,为何你放弃了王宫,却没有放弃人民

2016-6-28

痛苦

此刻,谁的痛苦加重
让地球转动更为缓慢

医生匆匆赶来,热情地推荐
理智的药片,只是会使人变胖

耶稣、佛陀、孔子和穆圣听闻此事
启程前来安慰病人,但在路上遭逢

爱好真理的他们四个开始认真讨论
边吃边聊,言笑晏晏,忘记了病人

虚空中掷下一支毛笔让他抓起来写作
老天爷嗜读的预言。老天爷向他推荐

可他的字无法辨认,拿给他看
他先是愣住,而后又哈哈大笑

如果用电脑写就好了,微软无法模仿
醉和尚的狂草。历代心经书法太过便宜

让他成为书法家?还是得躺卧草丛中

不吃不喝,一遍遍临摹云中隐现的碑石

但他只是躺在床上,等着佛派人前来问疾
但他们纷纷向佛推辞,以为自己不能胜任

只要有一人前来,大众就会尾随而来
充塞他的居室,权且在床边展开辩论

变现出四万两千座位
现广长舌,等大众开口

居士推荐金刚,金刚推荐菩萨,菩萨推荐佛
释迦牟尼佛推荐弥勒佛,弥勒佛推荐燃灯佛

先贤大哲推荐治国方略无效
唐伯虎,又推荐秘戏图多种

蒲松龄推荐狐妻和花神,正要生出几多
国之宰辅,陶渊明和苏东坡又推荐痴儿

不食周粟,太不识相
将之反刍为殷商何如

贝多芬,推荐莫扎特。尼采推荐超人
陀思妥耶夫斯基推荐陀思妥耶夫斯基

一切推荐一切。乌有推荐乌有
遗忘推荐遗忘

遗忘了他的痛苦
想让他不治而愈

只有他的母亲，星空和众神
还为此揪心不已

蜜蜂嘤嘤嗡嗡
传唱一支谣曲

2016-6-7

故事

夏夜，仿佛嫌夏夜还不够炎热
派遣一只幼蛾降临我的书房
停于书页，飘浮于阅读的目光
诱惑我合上书本，将生命收藏

那势必会引起啪的一声
让弯曲于床头已昏头的我振作
作为一个读书人，我却异常
嗜血；且未尝没有这样做过

嫩绿的灰色，似乎刚刚从灰烬中
苏醒，它的生命几乎还不是生命
但却在瞬间飞出我童年的打谷场
我曾经躺于麦垛仰望夏夜的星光

那时蚊蚋还不咬人，只知以植物
汁液为食。谁又能够将我指责
它留下一小摊污渍像印刷错误
无法构成一支书签可鉴的光洁

但我吹了一口气，让它飞走
从我的书页，仿佛它带着启示

一支轻盈的书签眉飞色舞
仿佛暗夜春情萌动的骨殖

无脊椎动物在想念脊椎,飞舞
看到未来。生命如此完美
它反驳我给它写了一首诗
却没有为我的爱人写一首诗

2016-7-24

教室里的蛐蛐

我在讲台下发现一只蛐蛐
感到荣幸,它也来听我讲课
和其他学生一样保持安静

这安静,却并非沉默
我注视着我的学生,多么想让他们
开口说话,通常我由于失望才开口

难道他们得到了一种奇异的满足
当生活和宇宙只有一间教室这么大
讲台上站着的并非神鬼,而只是一个人

这安静,却并非沉默
但它难道不应该一跃而到室外的草地
在夜晚,我多么想听它的吟唱

但讲桌并非供诗人睡眠,虽然
我的讲桌上有一只猫蹲着并非不合宜
它可别去逗弄那只蛐蛐,即使能发现另一只

但讲桌并非一张床,让我在上面睡大觉
虽然我力求降低谎言

而想要他们注意窗外的真实：不仅仅是窗外

而且还在窗内，哪怕就在这只
葱绿色的蛐蛐身上
你们要小心别把它踩死

我走出那间位于郊区的教室
感到道路在眼前延伸
但我却被阻隔在一个长满杂草的土堆前

犹如那只想要爬上讲台的蛐蛐
就在教室里无声地转来转去
在大学生的脚步间闪躲，在生活和宇宙的边缘

2016-10-22

花园长椅

蚂蚁在石灰地上忙碌：飘在
风中，天才的脚清晰可见
仿佛踩着高跷，恰似在荒年
偷藏粮食的农人。宛如一场喜剧

我低头沉思。我想到果实
抬头，果然看到空中果实累累
一种奇异的瓜果挂在藤上

那藤的孤独才不显得繁茂
我甚至想到葫芦和葡萄
在突然感到一丝后悔前

夕阳照在我的身后，仿佛你
温暖的眼眸，依然钟情如朝阳
在1.5亿公里外让我顿悟
你并未离开，只是暂时隐没

2016—10

仓央嘉措

分别来自那一天,那一天
又让分别的一切在路边重逢
他先是显现为死,骗过世界
接着又遗下语言的蝉蜕重生

他也成为总是逃遁的精义
他的人生就像菩提树的果子
熟透后,从经书潇洒脱落
只在需要他的人面前现身

从此他可以自由显现为世界
也可以让世界显现为自己
忍受着长生不老,哪怕只为了
去显现,或者亲见世界的显现

在印度他看到一座移动的雪山
就近看却是大象,不断吃着
各方的古莎草,在它转圈时
他将它身上的秘密仔细打量

他始终以焦急的心情去显现
痴迷于救苦救难,就像背着地狱

但他来了,成为你的儿子,让友人

能够对你说,他的到来,是为了让你断情

2016—11

焦尾琴

我听到她焦急的声音,在风中
在火中飘扬,呼喊我的名字
让我站立在那一秒,在那一秒
奔跑,拉起她的手在那一秒

她身上的火连着我的素衣
在我的身上蔓延,被我制止
那一秒她的焦急进入我的肺
我呼出的焦急又将她安慰

当我的焦急进入了她的焦急
我们的焦急就变成了欢愉
我听到一种叹息,一种旋律
在我们的陌生溶解时升起

她的身子再一次投入火海
带着我们都熟悉的未来的曲子
我看着她逐渐消灭,沉寂下去
在我的怀抱中留下焦尾琴

我害怕她醒来再一次向天上飞
无人能够阻挡她灵魂的疯狂

尾巴烧焦的凤凰在火中舞蹈,哽
叫,如果我没有听到那一秒

历史的桐木烧焦做成了音乐
焦尾琴,再一次让凤凰栖止
如果我没有停下在那一秒
看到妙处,风中飘扬的声色

2016—12

故居

你走来,哦,就像初升的太阳
照耀世界和我。鸟儿鸣叫起来
我终于入睡,在你阴凉的庇佑下
在你头发的光亮的强烈的爱抚下

你的形象在我身边,却又遥不可及
仿佛幸福的天堂,飘浮在床的上方
仿佛你擎着一朵玫瑰,保留着记忆
仿佛吸收了我的睡眠的南国的榕树

那两只鞋的洞口,犹如我的眼睛
渴望你鸾凤的赤足插入你的身影
而你的面容永远嫁给了怀春的镜子
如清新的朝阳温暖叮咛嘱咐的泉水

没有你,花木虫鱼该是多么寂寞
正从我的身体里长出,遮蔽庭院
这个夏天,我生命的精华陷入了忧郁
你带来秋天,让我全身如石榴般绽裂

你吃我的心,嘴唇欢乐而鲜红
你,生命的精华,没有你见证

我生命的精华又该向何方流泻
让庭院充满孩童般的欢声笑语

弹奏吧,我的灵魂就在你洒下的琴音里
看蝴蝶飞过灾异的大海,世纪的花园
看燕子从秦砖汉瓦的裂缝飞到现在
你十一岁时的手指已对我如此熟稔

2016

南京

我低估了她的温度,多出来的夹克
几乎要将我闷燃,像冬日的麦秸堆
遗落在北方的农村,我的童年
现在让我透一口气,啜饮长江

歇一下脚,像候鸟,从天空落下
仿佛我的北方回旋,像江中的石头
离开漩涡后,那石头将难以前行
犹如一个清冽的概念被反复出售

旅程被磨损,但仍顽固地模仿眼球
摄取两岸的风景,又在儒生的头脑里
恢复为山,在帝国的黄昏里竖起屏障
当他向上游回溯一首诗,陷入昏睡

那贡院幽深泛蓝,藏着无限河山泪
每个人只能分到一个逼仄的房间
像号子,蝇头小楷蕴含的良心或罪愆
命运并不吝啬,可为何缩小为小小的命运

要跨越那障碍,何其难,又何其易
夫子伫立秦淮河上喟叹:不舍昼夜

夫子和香君比邻而居，让书生体会
一张纸等待书写的心情，尤其以血书写

我低估了她的湿润。那泥土仿佛
由胭脂做成，仍燃烧着宗教的香
叶赫那拉氏来到这里，也会变回少女
想念那被权力吸食的丰肌秀骨，青春

只对老年，她才是危险的，没落贵妇人
现在她的健康犹如彩虹映现晴空的拱门
穿着棉拖来到地铁。又化身为调皮少女
在徐州车站下车时将闭眼瞌睡的我偷窥

在玄武湖，我始终注意着头顶的月亮
仿佛南京人都生活在月窗之中，虽然残缺
但无损于美，也无损于可原谅的功利心
当一个小市民嘟囔着，他的愤怒毫无用处

傍晚，散步成了潮流，汹涌的脚步
困扰着鱼，连吴刚也成了西西弗斯
尼姑淹没于树叶，和情人的喁喁私语
但她的贞洁不是外表，而是内里，是信仰

让我从黑暗看到了前朝的天空，前朝的
前朝的天空，不是循环，而是重叠
我如此有幸来到了南京，你的故都，仿佛我

同时拥有了古代和现代,南方和北方,暂时和永恒

2016

世纪

你离岸时的浪花打湿了我的梦
等我到窗口眺望你已不见踪影
我被迫变成了你,一个女人
一个柔弱的名词,却不胜其重

而你顶替我的男身,如此轻盈
不再害怕孤独,向着下游疾行
连长江中的鲵鱼也向你嘘寒问暖
你心中高兴,笑声向上直达天庭

仿佛你的身影进入了两岸的峥嵘
你骄傲于一个男子骄傲的心情
就好像不成为男人,就不会成为人
骄傲于你将进入20世纪的斗争

留下我,你挣脱自己性别的牺牲
为了你,你指望我将什么见证
犹如你挂在窗口的沉默的风铃
一旦奏响,必定意味着一次牺牲

和你重叠身影,他向往你的圆镜
将你俩摄入,吐出蚕丝,给虚空

我一旦成为我，我有多么寂寞
就有多么烦恼。那青山从不走动

而现在，你正骄傲于一个男人的目光
成为你的目光，温柔地将世界打量
你终于等到机会，进入20世纪
也就进入了革命，进入了思想

你成为我，可对于我身上的性
仍有一丝羞涩，琢磨世界的色相
像吮舐酸梅，当你还是女子时所为
你进入世界，留下色相，给民众

你穿上我的男身，打点我的行装
仿佛这是女性的复仇，天衣无缝
你要尝一尝做男人的滋味，有何不可
但我害怕你用尽我的男身，我的神经

再也不会归还。谁知道，是男性
还是女性，构成了循环无尽的牺牲
当我用你的女身登楼，眺望下一个来人
如吸血鬼，也热爱吟唱那一节《牡丹亭》

2016

羞之颂

羞涩,最初只存在于神话里
供人们翻阅。那时,人神杂居
个个都大胆无畏,注意不到
世界起源于隐秘的羞涩之脐

人和神,一起陶醉于宴饮之乐
偶尔也下一个无法偿付的赌注
可自从神的羞涩被人类偷去
如盗火,人类从此陷入寂寞

再不能给对方一个玩笑或圈套
神甚至只有叫喊才能让人听到
神偶,听任儿童玩弄于股掌之上
人的骄傲,本来植根于神的羞涩

难道天神不也会感到羞涩
当他对一个凡人产生爱情
为了克服羞涩,他才变成牛
变成天鹅,甚至,一阵金雨

让头顶的星空向她俯首称臣
因为人的羞涩至今仍余神威

希腊的能工巧匠带着惊异和敬畏
给阿佛洛狄忒精雕细刻一个女阴

我如从梦中惊觉：在一幅画中
谁对我露出了一丝羞涩的微笑
她正从森林、宫殿和大海向我走来
一个天神，却像世间女子那样可亲

一个赤裸的女人却近乎盛装
让我变成诗人、盲人和哑巴
由于炫目的光亮和爱的耳语
一瞬间却又想要逃离这宿命

如果不是导游拦阻了我
当鸦雀无声的博物馆大厅
突然回响着孩子般的喧闹
我被淹没在众多游客当中

你用羞涩来挑选男人
却终将遇到一个比你还要
羞涩的男人，挚爱中的男人
用他的羞涩击败了你的羞涩

我久久看着羞涩这两个字
想要从中看到你，你的词
仿佛要从空气中看到你的呼吸

你的脸、头发、帽子和服饰

仿佛它是爱的良知，是至善
一个被废黜的严厉的审查官
以灵魂的羞涩，以面纱
对着我们宣读一段经文

他们二人的眼睛就明亮了
才知道自己是赤身裸体
便拿无花果树的叶子
为自己编作裙子

天人怎会在我这凡人面前害羞
如果承受得起，我将受到福佑
但，看吧，当维纳斯轻触阿多尼斯的面颊
她羞涩的手指也正同时催促野兽复仇

由于你的羞涩，我才不会嫉妒
一只在你的庭园中觅食的麋鹿
听任一条蛟龙在水边游荡，你的羞涩
也唤醒了我对一个羞涩的民族的记忆

2016

历史

古人总是比我们早熟,由于短寿
将生命迅速扩至星球的边缘
我们还未成年就已衰老
甚至来不及起草一篇墓志

上天不会听从我们的呼唤
也不会把闪电放到我们手中
多么令人沮丧,连英雄美人
也丧失了生殖力,只能做白日梦

我看见历史就像一个残疾人
模仿着自己,在地上丑陋地爬行
并非害怕施舍,而是由于同情
我的同胞都把目光移向别处

雨中

在雨中看见一个房间,一个女人
飘浮在空中,推动着地球
她旋舞的裸体,带着道德的诱惑

在雨中感到救赎的气味,落在我的头发
如一个神,让我自由穿越暴雨和微雨中的城市
我可以默识那在雨中的山坡浮现的幸福的碑铭

多么令人羞愧的情热
天空缀满星辰
也不会让我的头顶感到压力

在雨中,多么令人羡慕
就像上帝在写作,或凡庸的异教徒
与神的婚姻,神的女儿在雨中奔跑

2016

饺子颂

我看到我的脸映在碗里
在水盆中快速漂移
我已看不到任何异象
只看到贫乏、光洁的自己

在抗争和忍耐之后
我开始属于中国人的幸福
平常的幸福,难得的幸福
用筷子夹起了一只饺子

只因为它,我愿意做一个中国人
忘掉了耻辱和失败
一边询问,一边猜
这是什么饺子馅

从厨房到客厅,我将一碟醋
小心翼翼地端给你
你正端坐,还未开始品尝
我不能带给你一整瓶子醋

母亲告诉我,有的孩子
只愿意吃饺子馅

吐掉饺子皮。可我不
是那挑剔的、不成器的孩子

2016

郊区教堂

空旷的院子中心,一个上帝的孩子
背对着我们在堆积木
但不可能堆得有十字架那样高

听不到我们在门口窃窃私语
仿佛一阵风就可以将他吹走
但也只有一阵风,一阵黄昏的风

屋顶,巨大十字架发出霓虹灯的光
他抬头就可以看到,但他没有抬头
神的话语是一阵风,一阵黄昏的风

庭院里甚至有一丝无言的闷热
我们不忍打扰这寂静
就躲在门口窥视上帝的孩子

一个弹管风琴的男子也加入了我们
从胡同斜对过的礼拜堂走出来
我们刚在那儿听过唱诗班的演奏

我们离开,在河对面的城市还能看到
屋顶巨大的十字架发出霓虹灯的光

只是看不到低沉的院落，一个神的孩子在玩积木

2017

雨

雨中赶路的人们遗弃了世界
我在雨中拾起了它,感到快乐
大口地呼吸着空气,仿佛这时间
是我偷来,尽可以待在原地不动

在慌乱的世界,只有我麻木不仁
体会到地球转动慢下来之后的乐趣
仿佛我是如此无聊,离开剧场
而雨,非要拉开这世界的帷幕

绿色邮车驶过,如此迅疾
如此动人,像一只狡猾的松鼠
雨水清澈,下水道通畅如一句唐诗
仿佛这世界永远不会掀起泥泞

喜鹊兴奋地在松树枝头跳跃
我静悄悄地走过,雨声掩护我
道路旁,花木在泼溅浓郁的芳香
如雨滴,映出对面女孩子的冻疮

我终于觉悟,我多么喜爱在雨中
漫步,虽然打着一把借来的伞

走出办公室，但没关系
可到新生活超市，买一把新伞

2017—4

在阴影下

从门洞里出来,迎面撞上
一片信仰的阴影:它血肉透明
露出白骨,却丝毫感觉不到疼痛
仿佛树弯腰,抚摸了一下我的头

花园里的人一闪,却并未离开
仿佛飞鸟,总会再一次飞回花园
他在阳光里敛翅,仿佛想要
躲开福分,就像花朵躲开蜜蜂

他慢慢扭过脸来,落后的目光
不情愿地离开夏天钟情的深井
转向我:空茫的天空,太阳点亮废窑
最后的硫黄,夏天封存的秘密

辛勤的劳动者在花园里观望
——愚鲁的人有福了!那一刻我心说
连同我,连同拾垃圾的老者
一同憩息在这一片信仰的阴影下

它仍在上升,哪怕日已西斜
信仰之血,信仰之海在我胸口汹涌

果树挂着"打药了!"的牌子
一只哼歌的蜜蜂追着我追

2017—6

无聊颂

由于不够专注，我们被逐出天堂
亚当和夏娃，现在坐在咖啡馆里
我比你拥有一个更好的视角
可以看着你，窗外横着的街道

你的谦逊为我带来了风景
而你只能看着我和一面灰墙
夕阳的余晖在窗玻璃消失
提醒我们这尘世的时光

更多的时候你对着电脑
修饰一段文字，你允诺
将很快允许我来润色
桌上的面包和奶油已经软冷

我忽然抬头问你
知不知道无聊男子之美
这种日本趣味，仿佛我就是他
每天将你包围的无聊男子之美

我享受着你面前的一切
刀叉高举着沾满奶油的面包

你取笑我,但又称赞我
仿佛如此我才不会泯然众人

为何你不在我的刀叉上方舞蹈,舔食
在盥洗室的镜子里我看到自己
嘴角的食物残渣,心情沉痛
我们在一起的时光也开始指责

2017-6

在袁崇焕故居

这荒唐的一幕:长城建在了他的家乡
南国的墓园,不停打断天国的安宁
仿佛他接着还要出征,像游戏中的人
满血复活:即使死后,他也无处安眠

他怎能安睡在那些吃他的人的身上
他们嘴巴大张饕餮着,像塞外的流沙
被凌迟时,他可发出东方的基督的呼喊
仿佛连上帝也背叛了他,中国人的上帝

他可驯服了那条恶毒龙,如一匹战马
临死时,他的眼可还渴望看到黄河
向北,看见敌人,还是向南回到故乡
临死他还在犹豫,在黄河中流击楫

仿佛他一个人乘坐小船在黄河中间漂流
索性丢下了桨,却没有进入隐藏的小岛
突破历史,他的血肉之躯点燃的星空
梦中闪烁的万里长城,也会再度朽坏

可他还是那样相信神,即使它变得
如此晦涩,可在祭祀时又明朗起来

气息在瓜果牺牲流转,那是人的呼吸
人之精灵为神,如此天地之间才不寂寞

但如何忘我,仍然是炼成英雄的丹炉
士人,一个接一个,精通死亡的艺术
让我们猜度着,这一场悲剧,有多少是
出于他的自愿,热血向喉咙上涌的渴念

仿佛那么多将士簇拥着他登上历史的墓碑
而后又狡猾地滑落,留他看守人性的暮色
那最后一代守墓人也离开了,开始生活
而生活就是繁殖,就是从草芥望向天际

而此地甚好,他难道不想成为当代人
他也许可看看离家不远的慧能,领悟菜与肉
远远望见玲珑塔,你说:下次吧,留下遗憾
是的,只有塔,才能让我们在大地上停止奔波

定住动荡不安的心,和东江的波涛
何况台风将要登陆。你等待日常生活的天使
而你的女儿,正在将你喂养为一名父亲
她童稚时期的脸,正慢慢熄灭你的愤怒

2017—6

佛光山

饭堂里,一片熙熙攘攘的景象
苍蝇在我们的头顶飞舞,唱诵
对着我们的耳朵,无休无止
仿佛要将我们感化,像众僧

除此之外,一切都很正常
我不断受到一位居士的点拨
也许,那里并无几只苍蝇
在回忆中,它们逐渐增多

它们在法喜中搓手、战栗
一旦有人打扰就飞向半空
回望人间佛教那仁慈的米汤
几根菜叶略等于经文的滋味

在这里它们不会遭受暴力
而是成为一个象征,呈现
生命的充沛、温暖和圆满
达到至福,一种古老的陶醉

仿佛北国的苍蝇都涌了过来
在这里复活,投入了生活

有的苍蝇甚至在静坐、辟谷
不仅仅为一个偈子而憋红脸

阳光照射进来，佛菩萨在微笑
我看到你的脸，和一碗明亮的汤
我仍坚持着人的立场，听任自己
在一只苍蝇的背上休憩于光亮

2017-9-16

灯光下研究维纳斯雕像的青年男女

GODEFRIDUS SCHALCKEN（DUTCH,
1643－1706）
CA. 1688－92
Oil on panel

在白日，在旷野，多么令人惊奇
当看到维纳斯消融于阿波罗的天空
像桅杆，闪光于众神出没的云翳

而现在，它变得如此之小，像玩具
在白天，他们只能触及它的部分，比如脚
而现在，却可以掌握它的全部

然而却不能说是残骸，而是更形完美
连天神也遭贬为人。他们激动地谛视
对方，因认出遭贬的天神而心中窃喜

众神悄然隐匿，只有爱神留了下来
因而异常珍贵，让人们夜以继日学习
但柏拉图说，爱神不是神，而是精灵

当他们小心翼翼地捏住雕像的脚

它的身影投在纸上,仿佛在教导
像光一样准确,绘画才会完美

当他们接吻,它就有了呼吸
当他们拥抱,它就有了体温
那石膏再一次变软,成为历史的黏土

他们也许会生出一个神,但
一个新的神,要长大需要很久
足以让它们变老。虽然如此

他们也将遭到后世的嫉妒,为他们
曾这么近地目睹过神:像擎着一个魔法
把他们突然照亮,而又凝聚了启蒙时代

2017-9-18

明代中叶的一个梦

天,怎样塌下来?压住我的身体
四周哭声一片,像极了一个广场
等待救赎。这时,有人被定在原地
仿佛出于自愿,另外的人向外冲撞

仿佛天塌下来还有一个阙口
他们要登上天外天;抑或,天不能
像磨石磨碎地,地也有一个阙口
一片空白,要覆盖,连天也不能

我奋力张开臂膀,将天托了起来
这我怎么能做到?我也不知道
还好我没有俯卧,那天我仰睡
可以仔细将乱晃的星辰端详,一一摆好

时间足够,我还可以梦见未来
我乘坐蒲轮赶往京城上奏,车子
却被同门藏了起来,连阳明也来信
斥责。这不是能让孔子漫游的时代

时间足够,我梦见山水中的讲堂
从一位樵夫歌唱的薪我听见了道

而他也被我的讲道吸引,进入讲堂
和我一起投入庶民命运的改造

我梦见,我成了士大夫的叛徒
写好宋词,他们已是贵族中的贵族
但我怎样和庶民站到了一起
这仍然是一个谜。就如李贽之死

他就是他自己送给庶民的礼物
头脑属于士大夫,双脚属于庶民
我梦见了游侠:那革命者终将被污蔑
下马,不是书生,就是农民

时间足够,我还可以做一个比杞人的梦
更悠久的梦。我梦见了杞人,还是
他梦见了我?我们在做同一个梦
这一切出自典籍,却不幸成为现实

我梦见了启蒙,一个新的词
时间足够,让我将乱晃的星辰仔细端详
它们不断摇落,砸碎在大地
和我身上,而我要将它们再一次整布在天上

2017—9

诗人之死

他一手谋划了自己的死
静悄悄地,却散发着消息
他将让民族眺望命运的前景
犹如哲人,却不是通过教育

他幻想,他的死是一场教育
一场体罚,为了惩罚他的国家
他的诗将被强硬地塞进课本
让流鼻涕的孩子吃吃地背诵

犹如先知,他将编写经书
让罗马,让他的敌人心悦诚服
犹如感动了人民的英雄,他仍不
满足,只愿被一个人秘密爱慕

而少女会将他的诗集抱在怀里
入睡,梦见和他在公园相会
他交际过的富翁也会幡然悔悟
在他的坟头烧些慷慨的冥币

也会有一个情人洒下泪水
热烈地将他追忆,笼罩遗孀的光辉

博得更年轻诗人,更幼稚的爱
以临摹的眼光在她身上默默学习

留下儿童哭泣,妻子苍黄伫立
在草堂的黄昏,幸福的太阳已落
他会良心发现,捶打阴间的大门
——早知如此,不如好好活着

2017-11-14

雪

我没有看到雪从天庭降落
多么遗憾。雪,暂时来到人间
是为了呼吸清冷的空气,还是
为了再一次融化,对世俗好奇

仿佛它遭受到同侪的敌意
被贬到了凡间,打着寒噤
但它将再一次依凭幸福上升
瞧,蒸笼上,草木正冒热气

被阻挡,在各种关卡
雪的降临依然是一个奇迹
在江南,滋润美艳如处子的肌肤
涉河北渡,可又裸露了雨的精魂

燕山雪花大如席,可以裹着入睡
它蓦地绽放,证明了我们的耐心
它比五瓣的梨花还多一瓣
也就比桃花更多一瓣,比玫瑰

雪,让一切树都变成了松柏
让路上行走的人变成了雪人

梦游在墓地、祠庙和广场
不闻鹊噪,雪会下得更紧

正当我对着纸面苦思冥想
黄昏降临,多亏了雪的反光
让我的心再一次变得温柔
让我的笔抚慰辛苦的众生

一个人在街头呵手。而我此时
用冷水洗碗也会感到温暖
生活一直有待创造,洁白的米
在煮熟前后都含有神奇的清香

2018-1-5

与天使对视

带着疲惫的优雅,为何你的笑
反而加深了我的天空的孤寂
这样的场景有多么奇异
我和一位天使形影相吊

从天堂到这儿,它飞行得太久
想要休息,只好落在我的肩膀
以动物的皮毛裹住它的伤口
而不沦为一个信念,一个形象

从它的眼里,我看到一丝幽怨
它无望地望着虚空,望着上帝
为它如此光洁,如此美丽
却唯独少了一副血肉之躯

以至于嫉妒起一个凡人
——他的福分里,有超凡入圣的奥秘
却嘲笑他不安的理想,果真如此
又何须与肉身,与爱情背道而驰

你歇息,也就让尘世休息一会儿
胆怯地望着我,陌生的人类情感

如一只野兽。玻璃窗，映出威胁
从你的脸我吃惊地认出自己的脸

它静静地谛视，如一颗星辰
仿佛在考验尘世的耐心
当它向我伸出一只女性的手
我一时竟遗忘了如何去亲吻

2018-1

另一个塞壬

尤利西斯仍然被绑在桅杆上,眼望大海
为了能倾听塞壬的歌唱,而又能返回故乡
到时有故事可讲
而不被那人首鹰身的东西啄成无故事的尸骸
但它怎样随亚历山大大帝的东征变得善良
又怎能想象它手捧莲花,抑或吹笛弄竽
那佛像,在犍陀罗,仍然带着希腊人的面容

由于张骞,也由于汉武帝,它出现在敦煌
由于菩萨和信众,这世界如此圆满
作为一句不起眼的经咒,它只能占
第172窟《观无量寿经变》画面的一角
但它的声音却遍及山川谷岩
被一个有佛性的年轻男子听到,他还在诧异
自由的迦陵频伽,不被驯化的塞壬
为何你的诱惑变成了祝福

2018-1-31

祖父

王兴诗（1934—1981）

听到充满勇气的笛子在冬日吹响
为何一刹那间，故乡变成了异乡
你担心，当一个青年伫立空庭
笛声会泄露他的勇气，在空中冲撞

会跌倒雪地，叫他忍受一片灿烂的疼痛
长出梅花，注视梅花凝血的目光
枝间温暖的星辰，让你的心上升
暗香拥抱你，击退成年后的寒冷

可怎样，我才能从你手里赎回故乡
一如你攥着的纸，揉捻烛火的欲望
等着我下晚课回家，抄近路走坟地
你的墓碑，为我抵制着历史的魑魅魍魉

清早的露水，和绿草带走你的身影
你的青衫挂在窗前，儿女们的眼睛
张望：诗三百，在远方一起吟唱
你期望我登高，默识万物而成诵

凯风自南，田畴里，正好放下书卷
一行晦涩的经文，麻雀也来围观
每一个汉字都是凤凰吐出的谷粒
都是苦力，桃花源，突然疼痛的雨点

可有高于收获的风景，也免于耕种
让儿童学会欣赏，经过启蒙的风景
你磨面，较真的粉笔末在磨坊飞扬
你用一套启蒙辩证法策反着陶渊明

你仍推迟着惊蛰，去给花从容浇水
不让春天抑郁症的尘土发动肝气
以恋人的殷勤，鞠躬于饮食起居
从户牖的一角星象窥测历史的战栗

你已不再对历史的愚蠢感到愤怒
释然于你的学生的一次语法错误
你告诫我要耐心，等历史给耐心加冕
作为人的教师有多失望，就有多满足

你搭救时间却阻隔历史，等着转机
教会我懂得宽恕。你从空中递给我
家谱，可我要问一问我的姻缘，你说
即使梅花在扬州，你也要从洛阳赶去[①]

[①] 此句用何逊事："逊为建安王水曹，王刺扬州，逊廨舍有梅花一株，日吟咏其下，赋诗云云。后居洛思之，再请其任，抵扬州，花方盛开，逊对花彷徨，终日不能去。"

犹如我幼小时,从姑姑的房间闻到的香气

2018-3

巨鼎

我们行走在巨鼎的阴翳下
当古老的疲惫爬上了青铜时代
爬上青草，我们的脚步陡停
一条小溪善解人意地流淌

青鸟在青铜静默的肩头聚集
静静地看着我们，并不发声
此时，你抬头看见白色云朵
飘过天空，和巨鼎大开的门户

倒映着，我们行走在巨鼎上方
和云朵一起，进入巨鼎腹部
头朝下，忍受着土地的炙烤
直到目睹巨鼎的第二次诞生

当太阳以哲人的好奇照到鼎底
想看一看那里有没有文字
法律已铸就，显形在巨鼎周身
它想让囚徒们也见一见阳光

我们将要成为一种献祭
甚至不会看到神灵降临

我们也要摸着神像入睡
摸着彼此入睡,才会安心

你也许会幽幽地发出一声叹息
情人们在鼎身涂满了淫秽话语
当我们经过,让我们憩息
暂时遗忘了巨鼎的来历

2018-4-1

毕沙罗的静物

它引起了饥饿:酒和面包互吻
苹果,像伊甸园张开嘴巴

画家转而去画采摘苹果的人
一个孩子暴力的手臂伸向天空

听不到刀叉的声音
一个家庭(上帝是家长)

当食物在桌子上铺就
祈祷声,从画布一滴滴流淌下来

我们的血,流淌
我们的心,跳动

我们将我们欲望的颜料涂抹在画布上
仿佛那是我们性爱的见证

一对欲望的勺子悬在桌子上空
永生也够不到,够到就永生

2018

风

风,将我的心儿奉献给你
动摇了远山静默的姿态
鱼游得更低,隐藏在湖底
你惊讶于一片云影的消逝

风,从湖里吹来,远山已倾斜
香樟树摇头,像在否认
蜜蜂迷了路,八字舞错乱
风力,改变了花香的方向

风将情人的秘语传到远方
如此大胆,太阳也害羞躲藏
但你仍说,风中的少年人
是多么狂妄,我说风太疯狂

牵牛花的风,也是凌霄的风
世间的花儿也懂得受难
轻盈地把我们托举到天上
从你的口唇我听到了天籁

树像一副长出叶子的木架
风把基督吹到了天上

无意中钉在了树上，我听见
呻吟密布，叶子传来微笑声

风吹皱裙褶，你变得成熟
葡萄藤的葡萄发肿而明亮
蚂蚁越聚越多，追寻甜点
我们在小木屋里躺卧，憩息

2018

南方

自然的女儿,缪斯的女儿
引我来到南方教我歌唱
一棵桂树在我体内长出了叶子
一只鹿在我体内长出了小手

她用口唇引诱天堂的鸟
将尘世的点心抛向空中
喂养,她不挥霍也不吝啬
那属于我的幸福的点心

自然的女儿,引我来到这里
让我炽热的太阳沉入水里
在观看时睡着。午后醒来
我又一次看到了清发的太阳

缪斯的女儿,带领着荷花
在沉醉的湖水将我寻觅
确信假山的阴影后没有盔甲
一只乌龟伸出头来窥探历史

在自然中,她是一个孩童
仍调皮稚嫩,向我蹦跳而来

我站在未来不敢叫她的名字
怕她因听到而惊讶,站住

我看到了词语花园的萌芽
汉语的园林也在南方萌蘗
我来到南方,为了治疗
深藏在我体内的伟大的疾病

2018—6

郊外

巴士驶入了安静,甚至鸣笛也不会
让一群埋头吃草的羊吃惊地抬起头来
直到它们吃饱,愿意喧闹地穿过柏油路

有一只失群的羊在路中间徜徉,站定
望着手握方向盘的卡车司机陷入迷茫
他正拉着一车咩咩的羊,赶往历史的屠场

垃圾场一闪而过,模仿被抛弃的天堂
由嗡嗡叫的苍蝇赞颂。只要还有一个孩子追着
一只中华田园犬跑,这里就会作为故乡被追忆

一位母亲的凝视赶走了太阳,却无法向后代诉说
那圆满的辛酸的美。车窗外,农民再一次扬麦
麦麸飞扬,疲惫和疼痛的麦粒都不会落在我的身上

我躺在两棵苹果树之间的吊床
看着青苹果,想着苹果花
(我错过了什么?)我在一处凉荫下入睡

不知过了多长时间,正义之神唤醒我
将一副盾牌和一支长矛放在我手里

期待我在大队人马败退时一跃跳入战场

2018—7

在火车上

我凝视着窗外的风景
仿佛想要认清另一个故乡
它也以家园般的眼神
回望我,以蓝天,以白云

那一刻我发现被遗忘的真理
天空如此完美地覆盖着大地
既不过重,也不过轻
免得我们在地球表面窒息

抑或无意义地飘浮,虽然
谁也不能这样指责白云
隔着车窗玻璃,大地好像
被镶上了画框,被偷儿偷走

只好临时换上了一件赝品
万物展现出模仿的天性
刺激经济增长,醒来的风景
一如广告牌,风景的缩小版

在落日下发掘更多的家园
伸长脖颈发出凄厉的叫喊

仿佛意识不到恐龙的自我
挖土机，末日般挑衅自然

它也以陌生的、嘲讽的眼神
回望我，以变异生物的智慧
凝视着窗外的风景，我
一霎时忘记了到哪里下车

2018-10-1

高颐阙

子期,你为何突然哭泣
当伯牙的手指脱离了琴弦
扣摸着虚空,指尖的灵感
峨峨若泰山,洋洋若江河

你看到图像隐藏的危险
蜂群一般飞出甜蜜的蜂窝
灵感的图像也升起了音乐
让你听到一丝不祥的音乐

四周,山河浸满了悲哀
伯牙的指尖犹疑了一下
峨峨的高山开始崩塌
洋洋的江河意外地干涸

那一刻,伯牙和你对望
看见从未来汩汩而来的泪水
从琴弦溅落,而不再挥动
长满姿势的手臂也瞬间枯萎

于是他被自己的死亡浸透
化为哀伤的青草,墓石上的遗迹

你扭过脸去,实际上无法躲避
泪水涟涟,一声声的呼唤

有什么顺着陡峭的泪水落下
子期,那一刻你忘了在为谁哭泣
为墓室中的陌生人,还是为伯牙
只是和他一起凝结在了永恒的画像上

2018—10

辑三（2010—2014）

冬夜

屋里的读者此刻渴念一个思想
让他惊起。跑到田野中
(独自一个人,衣服穿得过少
白花花的月光照在地上
哪怕一棵树他也找不到,何况思想
他将只找到自己的身影,然而
那说明找到思想有了望)

他躺着,期待它像一团火那样从天空掉下来
超过了对女人、辞藻
诸如此类事物的欲求
虽然他不得不用比喻
表达他对智力的崇尚

有一种光,仍然深埋在地球内部
星星在眨眼,月亮已显倦态
但都看着他在深夜挖掘
落入思想的黑暗
犹如皮肤包着指头,包着血肉

在冬夜里有一个妖魔
只有思想能制服它

让世界恢复原样

2010-1-8

诗

我被触动了,哪怕仅仅一点
一支利箭从我的头发上空飞走
从森林里射来,到虚无中去
我看到戴面具的野人身影一闪

我躺在床上,感到头脑发热
灵感麇集在那儿,像一场高烧
一个忠仆,在疲倦中忘我
迎来真理时,正好要求谢幕

就像我照料一堆木柴,一场火
在土和空气的边缘。要物尽其用
可不容易!人散后,后半夜
狗会在温暖的灰烬里拱出黎明

也正如将手稿重新回炉
每个人都在熔铸友人的心思
帮助它成形,批评家才不会
在岁月里生出讥诮的孤寂感

而我保持最后的清醒
不是不沉醉,而是已经醉过

像白昼的眼睛那样清醒

而我永远将沉醉留给了未来

2010

失眠颂

一

应该可以找到黑夜的栏杆
——凭靠,给自己找到凭据
像脑后长着两只眼睛
而失眠,像一场奇袭

星星的漂泊没有终点,就像家
也许只是天空的一个隐喻
不应认为——道路
拐弯处——是天堂

失眠是好的,就像睡眠
这一点就像公文里的结论
眼睛像一双油灯苦熬着
接触事物才能得到休息

就像在悬崖待了一晚
天亮感到后怕
回到一次登山,没有栏杆保护
只有鸟蛋里偏僻而仄斜的宇宙

在早晨,听到鸟羽的摩擦声

稀疏而辽远，像远古
就像没有被母鸟咬死的小鸟
讲述一个复活的故事

2010-1-14

二
在异国花园里漫步
一旦停下来也会感到疲惫
从双肩，隐约传来疼痛
由于仰望天空太久而负重

用两眼间的尺子来量宇宙
犹如爱上美女的不智
一只骄傲的鸟对你点头
忘了向土地通报你的到来

只有耐磨的脚趾，和脚底
还沾着故国的沙和记忆
一切事物都有个结尾
有人被放逐在伊甸园里

2010-1-22

三
失眠是显示忠诚的时辰

对爱情和友谊,事物和人
形象在黑暗中浮现
成为(难得的!)白热化的思想

一如头颅上燃着的钨丝
是对世界的庆贺
又是人生的孤独的催化剂
踩在骷髅上,才感到踏实

失眠时做的事,一定是美的
是对失眠的祝福
失眠是减法,但也许奥卡姆
会抱怨数值太少

失眠时,要对自己说
我不做那个无法接通的人
你已经全然成为赞颂
——对于世界的广阔

你细数着沙子,它们
咬啮着你的手指
直到你的身体流出芳香
像一次未果的行刺

2010-1-20

双子星咖啡馆

一

如果我能被你钉在墙上,这一幅画
该有多么幸福!这幸福多么安静
一个对象,突兀地:目光锤打
但只能让它更为牢固
……可以看到,你从中出走的样子楚楚可怜

如果我能和你一起来看这一幅画
如果我能伸出手臂,在你背上无声放下
如果你能无拘无束地靠近它

禁止触摸的画,一定出自你手

二

如果我们一起将这幅画钉在墙上

那么多人一个接一个走过街头
他们的面容多么模糊,同样等待着
你的固定:也许隐藏着一个天使
从窗户上方向我们顾盼呢

并指给我们看一个奇异的景象

世界是一枚巨大的钉子
神在钉子的尖上舞蹈,稳住了钉帽上的人

虽说后者易遭腐蚀,易缺损
直到整枚钉子都烂在世界里

三
那时,星星陨落
屋子倒塌
地震,海啸,火山爆发

世界末日
读者回到济慈的浪漫主义
仿佛这一切都为了爱的表达
且无比完美

让你看着我迅速分解,颜色的分解
我的最后记忆
留在画布上

……我整个存在的忠诚都显示在熊熊燃烧的画布上

四
天使仍焦急地停顿在半空
打听平常躲藏的角落
甚至在一切失去依凭后

台灯本是为了映照你我
此刻它是黑暗的
按钮下是埋藏一万年的煤炭

走出咖啡馆,天色发黑
你惊惧于前方车灯里
灰尘下扬:也许是白色的杨花

迟疑不前,你捂着鼻子走路的样子
像极了小女孩
一种稚嫩的美将我们带回到纯真的本源

五
而咖啡馆的男人坐在那里
一个狄俄尼索斯,向往阿波罗的形式
在一片光辉中释放自己
爱,禁止肉欲

却最终游荡在光辉边缘:他在镜子里
看到自己,并探测空虚的限度

他写作,由于负重过度,脊柱
让地狱弯曲,颈子却像炼狱的凝望那般美妙
头脑,安放的是希望
让天堂变得结实起来

一幅画,静静地挂在那里,挂在前方
他开始羡慕一张画
将一个物体固定在那儿,这是上帝最大的梦想

六
他希望增大词语的摩擦力,用
笔下的词语固定住世界,比亚历山大大帝
还要野心勃勃。而他才可以对她说
——和你在一起的任何事情都是神圣的
都在经书中得到过描绘:不要为神
失望,当看到对方,并坐在一起
试图用一个钉子固定住神,他敲打
世界的纸片,弄清茉莉花香意义的指向
米开朗琪罗在爬来爬去的当儿高谈阔论
——绘画也是诗歌的艺术、生活和爱的艺术
一种造物的结构,以此摆脱
时间的流言,以一幅画,永远以一幅画,最后的

离开咖啡馆后,他们需要多久知道,身后
上帝已经将一个人钉在了爱的十字架上

2010—5

斗牛士

如何完成准确的一击,比致命的一剑
更吸引我。我手中的红布就是耐心
它并不能认清命运的底色;妄想
在一块红布上吃草,流露嗜血的本性

而鲜血从后背流下,滋润了
泥土,观众利刃般残忍的渴望
那恐怖的心灵已从深渊升起
一级、一级,升至礼堂的顶端

浮华、艳丽的制服不会保护我
只是将死亡预演:公牛的,也是我的
公牛陶醉了,忘乎所以。从高处
召唤我,以四蹄踏出的田园诗的寂静

一个更优秀的我正在远处徘徊
公牛在飞升,无穷精力的高挑的象征
由一个巨大的钩子挂在天空中
我鲁莽的命运,从剑尖得到祝福

一片云,滴下血的辩驳,木偶
指向神意。当驴车在音乐里跳荡

绕场一周,拉走公牛的尸体
尘土飞扬,也拉走了我的厌倦

她的私处是一幅细密画,你耐心刺绣
制作成巴比伦花园。头角峥嵘,扒开
妻子的丝绒。而我的剑刺向晴空
一声鹤唳,刺向这个国家的道德

2010—6

绳子的舞蹈

他向空中的横梁抛出了一根绳子
呼唤节奏,用闪电那惊悚的手法系紧

他平躺在舞台上,看他怎样起来
也许还绑住了自己。交替分明的左右手

他用力拉那条虚构的空中绳子
慢慢站起来,伴随重金属的惊愕

力,从哪里产生?如何传递?是什么
我像一个观众那样赞叹着,但

突然想他应该将这条绳子打一个结
将脖子伸进去:也许更能增益他的艺术

模仿上吊,因为同样可以表演复活
我不再困惑。而是愉快地看着他

不断重复自得的夸张动作:铲,铲,铲
吃惊于他并没有死于劳动,而是不停舞蹈

2010-7-27

出海
　　——赠陈鱼观

中午时分，太阳，被你上下两层邮船的眼睑遮住
大海冒出浓烟
那习惯了大地的人拖着锁链走动
没有阴影中的泉水让他止住渴念

地球停止了转动，迎接一个从太空缓慢归来的人
海水已升至最高点，连最卑微的鱼虾
都有了睥睨的垂直权力

但是你，和他，谁也不认识这个人
他的话引起的磁震荡会让我们在一刹那
看到地球突然干瘪，新的国旗插在船上

时间像螃蟹一样慌张，阻隔在甲板上
你的衣衫挂着渔网，拖了有两个世纪那么远
我们吃啊吃，直到变成螃蟹肚里的虚无生物。你晕眩
从他背后转出海岛

2010-8-16

奇遇

微雨落进盘,我们衔接起什么
柳丝挽留几个春天到仲夏
岸上的人们随游船前行
江南石板的小镇拼贴起天空
零碎的是黄昏的电灯泡
鱼游过夕阳,咬破水泡的祈祷
当一抹余晖凝于他的耳际
我正逆着水流的方向点击你
我们怎样达成了一致,抑或
不一致是最好的一致
而他的心已随游船转了一圈
散落莲子,给本地的陈圆圆
沉寂中听我化解一个溺死者的孤僻
我你他,真的吗?各自
怎样一点点脱离了肉身
不时回望自己,在头上对望
看到惊喜的灵魂正在上升
神明已微醺,围绕天上的酒
何时,人的灵魂又悄然回到瓶口

2011-2-11

秋天

你涉水而来,满足火
在靠近时远离。我看到
光的器皿一想圆满就破碎
天空颅骨流出音乐的鲜血

一种深沉的、明亮的教养
滋养着宇宙。让我不再贫乏
太阳幸福,眼睛失明
心在上升,负着矿石的重负

树叶闪烁着摆脱光,一群苦役
淘金的日子。在水边
鸟飞离自由

我拒绝成熟,伤害着同类
我和谷粒一起入睡,直到它们
变成你温暖的金玉良言

2011-9-9

图书馆

一种声音,从野兽的头颈发出
弥漫了空间,吹入我的神经
这是即将捕食的恐吓的声音
还是出于交合,庆幸的声音

今晚,它从书本的镇压中逃脱
还是由无数作者的幽灵放出
那些正在放牧的幽灵,放牧着的幽灵
在灯光下,在这黑暗的野兽体内相遇

它的身影无比轻松地跨越书架
在角落憩息。灰尘加重它的鼻息
它慢慢靠近我的脑后,无论怎样
都出于天意,白纸上看不见血色

一条蠹鱼爬动,消失在书页
也许——我是否敢说——是我
撑开了那片天地:野兽的上颌与下颌
我惊惶抬头,上下四方,除了空气

无非是书、书架,书架、书
我的一点爱、一点恨都影响重大

怎能不慎重：一种偏好让书架散架
那是重力也没有做到的倾颓

2012-11-20

墓园

松树和柏树,繁茂而多;直立着
带来温暖。这儿,赶走了空旷
年轮增大了墓园,将来人挤在
边缘:但还挣扎着去看那些涟漪

带来赞叹。不停转悠,却不会
掉进脚下的土地,索性消失
而抬头望天,也不会从此飞升
……鸟儿合欢声,倾倒了碑石

当黄昏降临,本来极少的人
来不及扩散,天空可会感到逼仄
还是兀自梳理发辫,自由自在
目光最终落在枝条分叉的地方

又欢乐又疲惫,如此缓慢的时光
漫步在梦中,补偿我昨夜的酗醉
一个老人拉住你占卜,而几乎
没人能在这里待上完整的一天

甚至半天。但,是什么吸引我们
在金黄的山上迟疑,谈着这里

一路谈到这里。在这里遇见一位
朋友,不曾谋面,但熟悉你的文字

第二次离开这里,胜过初次来到
意味着对冥府拥有了某种权利
这里放下我们高傲的嫉妒,行走在
说着俏皮话的松树和柏树间。我想到楷树

2012-11-24

书店一角

我在门口连打了几个响亮的喷嚏,不是
有人在想念我,就是有人在说我的坏话
——对一个国家了解得越多,就越
无法去恨。爱一个国家也是如此

书页里的宁静,死去的光阴,如此接近
天堂。窗前的一棵树可会感到幸福
——已故作家们睡在一起,仍嚷嚷反战
书桌虽小,也可以放下一个地球仪

一杯咖啡未完,郑和的船队已从半途返回,你正
谈到南方的木腰子中药,治疗帝王的长生梦
——但历史的好奇同样无法遏止,司马迁
勇敢的当代记者接替了疲惫的希罗多德

我听不惯外省书商的普通话,一副传染病的调子
在一杆秤的狡黠中,透出怯懦的自鸣得意
——犹如一个士兵,正在消化独裁者的命令
绝不开第一枪,不做那个引发战争的混蛋

总之,我不想买这本书。我忍住了地理学的
好奇。虽然,谁也不能用目光让书架倾斜

——难道他没有料到自己的家乡也在发生变化干吗跑到国外,去写一本什么"非洲皇帝"

2013—4

隧道中的佛

为了你的故事,火车应该
学会其他的致敬方式
然后继续行驶。虽然鸣笛
并不能扰乱星空,正如很多事情

有人下车,在路边临摹心经
荒草即将淹没,碑石前不吃不睡
很久以来,我坚信自己
不念诵,也能获得心灵的平静

汽车颠簸中,闭着眼,在一张
表情多变的脸上我看到了庄严
我惊诧,那就是佛,但又认出
那亲和,只能是我自己的脸

我暂时不能得道,也应感到欢喜
佛在大山中站起了身子,挣扎着
就像盘古。大山酝酿着山泉
地球才没有凸起为一座地狱

在每个山洞口都有一个佛
被火车头推向另一个山洞口

但是,不嗔怒,也不欢喜
就如你无法指责一个芜杂的国度

佛在大山中,而不是刻在表面
这样它就会躲过炸药的闲言碎语
不要相信那些将世界当成比喻
和一场梦呓的人,远离他们

2013-10

讲经

讲台上的他没有口吐莲花,也许因为在说一门外语
他竟然显得有一点口吃,本土的信众绝不会相信
这是另一个他:佛,也可以是一个相扑手似的正方形

他否定自己为活佛转世,仅因为今日之我不知道
明日之我。他的颓废,让他禅定于昨日的波音777
三角形中。他声明废铁飞行的可能性:观想无二

他的手围绕着头部,抚摸、抓挠,仿佛那是一件乐器
忍不住菩提树的瘙痒。他停顿的时间太长,以至于
不少物种灭绝:佛,只是一个永远无法企及的远景

就像走神的导演,播出沉闷的影像,而很少发出声音
他投射出佛,已失去本意:一件东西不是自己,它
总是另一件东西。讲经声始终伴随着一个婴儿的哭泣

由一个家庭妇女或保姆带来。你突然提到尼采:佛
超善恶,又非超善恶。莫非你在教导我,能杀则能生
地狱上有天堂,天堂上有涅槃,可惜我永生难以到达

佛不是求静止,也非痛苦的运动。地球转得越来越快
几乎失控,坠入毁灭;我期望我的鞋子和我会让它

转得慢一点，再慢一点，依赖我疯狂而准确的摩擦力

2013—8

都灵之马

七年前，我曾夸口，可以理解你
为何看到一匹马被鞭打而发疯
仅仅因为陀思妥耶夫斯基梦到过这一切
——一群喝醉的白痴围杀了一匹马

仿佛几个宇航员也会饿得
吃了乘坐的航空器
然后若无其事地飘浮在太空中
（因为毕竟还没有吃掉彼此）

你再也无法上前解救他们。仅仅因为
被围起来的荷尔德林也会记得荷马
在他的蜗居里偶尔会传来一段巴赫
或者激烈地诵读索福克勒斯的声音

虽然都有点急躁和短促
仅仅因为他会在人们提起歌德时偶尔点一下头
就好像他认识这个人；而一旦听到席勒的名字
他则会表现出更多的活跃性，由于友谊的认可

一脸温情，似乎陷入了回忆
仅仅因为他的微笑如此腼腆

然而歌德和席勒,他们俩谁也没料到一个
谁更为疯狂也就更为伟大的时代就要来临

在那漫长的黑暗岁月里,你
仍可以陪来访的作者在林中散步
那里,你曾托起一个小姑娘的下巴说
这难道不是一幅美丽的图画吗

这也许是他写的你的传记
后半部最为精彩的一幕
你深深爱好,也赞美过的散步
那属于伟人的习惯一直未变

更因为你偶尔表露出人性的时刻
后者在疯子身上更为突出
后来者也许更值得怜悯,试图将你
遗忘,在琐碎的细节上建立起永恒

就如要凭靠一片树叶到达对岸的蚂蚁
他们也要如此获得幸福
没有人会比你走得更远,但只有
你和康德能注视着对方走到尽头

我声明,你的脑中绝没有孕育
Das dritte Reich(第三帝国)这个概念
有人指责你为不健康的人,仅仅

因为他想成为一个道德高尚的人

你并不是第一个说出"上帝死了"
只是受到了惊吓。驯服魔鬼之后
你也许可以成佛；倾听万有引力
美妙的音乐从星空涌入你的耳膜

卢梭不应为血腥负责
如果他想不通这一切，他会自杀
作家们爱惜自己的双手和书
生怕它们有一个会沾上鲜血

我曾幻想过和你手捧着手
将东半球和西半球重新黏合成一个地球
但如果你是一个左撇子
这事做起来也许会有一定难度，幸好你不是

2014-1-31

慈悲

午后揽书,梦寐得句,乃啰唆成诗,兼寄周梦蝶。

我并非懒惰。如果
有一个我在家
另一个我出家。如果
有一个我出家
另一个我在家

我在楼上看到我
在小区里行走,看到我在楼下看到我
从四楼窗户凝望
看到我沧海桑田,然而在地球上
仍然围绕着我,不知转了多少圈

不敢说我是我的舍利子
虽然也伫望过塔
乃说我是我的同心圆
有事外出,不如闭户不出
回来一天已过大半

午后读书暑气渐生
但也容易良心发现

——收拾残局正斯之谓也
每一天都是圣贤生日
作何善恶，成百亿倍
然以恶攻恶不在此列

在处常得诸贤圣等密作卫护
尘嚣也挡不住你严密的唪经
和我的脚步，在家门外响起
暗笑有人貌似入定实则入睡

我躺在沙发上，书掉落怀里
连南海观音也吃了一惊
弯下腰，所有人都没有看到

但你说南海观音不会弯腰
何况，南海观音有三张脸
不管我在哪里，都能看到

弯腰只能是为了我
所有人都没有看到

佛将看见
我梦游
我绕着自己
绕着佛
我正在寻找我的慈悲
2014-5-21

托尔斯泰

他描写一个人的谈话(在小说
开头)。然而,更多地,他描写
大地、天空,描写树和停止的云
他描写雪,还有莫斯科的大火
他描写女人的服饰,细致入微
和谁跳第一支舞可不简单
他描写阳台上的戏剧,还有月亮
他描写一个放弃暗杀的人
因而他也带着轻蔑描写拿破仑
带着复杂的感情。托尔斯泰描写
描写一切,甚至描写他的描写
然而,他一定犯了什么描写的错误
俄国才发生了革命,虽然
是在20世纪,下一个世纪
我们才流了那么多血

2014-11-26

冬日

风选择了低语,然而却不开口
行道树熟悉汽油和啮齿类动物

仿佛我躲着风中的火、大地和鸟
直到风的言语淹没我内心的言辞

在空旷的黄河迎宾馆,我撞见新人
巨幅合影,却没有看到迎亲车队

青年渴望旅行,老年痛恨旅行
我的态度游移在二者之间

归来,在红墙下,经过铁门
可以窥见院子里废弃的铁路

另一段在公路另一边浮现
伸向远方:太脏了,我才没有踏上

这一片喧嚣的土地有何用
如果不能安顿我们的灵魂

文明比我们更有耐心

让我们暂时等于野蛮

2014—12—14

白马寺

我们来到,已近黄昏
围栏内游人稀少
出来时,一张门票照耀黑暗

我们站在广场边的水池旁
用白马的眼睛
观看一只乌龟追逐一条金鱼
伸出嘴,将金鱼扯拽到深水里
他一定是巧妙利用了重力
在淤泥中偷吃生灵,偶尔
冒出一束寂静的水泡
趁夜色洒向水面
(我们以为它们不会再出现,如果
出现,也只有一只更大的乌龟)
然而,金鱼蹀躞着浮出了水面
喘息着,漂浮着明显的不对称
紧接着是牢牢盯住它的乌龟
如此反复再三,直到
我们看烦了走掉
我们中有人惊叫:金鱼的肺
不好!它的呼吸有问题。也有可能
它全身是肺。它们就这样

在夏夜清凉的荷花旁艰难相继泅渡而过

闭合的庙门前,广场上那白马的雕像低头
吃草
默默咀嚼(白马的眼睛看见)
还需要再饮一些水才能出发

2014-12-15

辑四（2003—2009）

心是一只兽

心是一只兽。它在
旷野边嗅边走
觊觎天空
唯一的明亮的星星
它边嗅边走
逐渐感到孤独

逐渐感到饥饿
它吞吃叶子
星状的叶子
锯齿状的叶子
心状的叶子
它吞吃花朵

并不感到满足
它寻找自己的朋友
它吞吃自己的朋友
为了一点血
而振奋,而战栗
在雪地留下爪痕

它继而吞吃自己

和

这个世界

2002

冬天的争吵

一场雪飘落下来,几乎
占据了世界的角角落落
粘在光滑的树皮上
粘在屋檐上、睫毛上

封闭一棵草;让一棵树
不再轻易搭上一阵风
在一切缝隙,寻找
故交新知。天空的书本

翻开一页又一页,一页又一页
雪渐渐小了,激烈的言辞
缓和下来,临近争吵的结尾
大地上的房屋几近失忆

不再相信任何人,任何事
雪后的太阳莽莽撞撞
爬上了天空,像傻小子
期待着人们的赞许、认同

像一个谎言。雪后的太阳
又红又薄,纯属捏造

星星害怕出现，或者
不屑于出现，还要

从我的心得到某种慰藉

2003—1

冬景

雪下着下着就变成了雨
仿佛一场痛苦逐渐清晰
没有人的睫毛足够长
遮盖好心灵的秘密。啊,足够长

啊,泪水。从冷酷的屋檐
可以望到天空
而我悄悄醉心于
在节日的重量里压弯的思想

树枝断裂,弹出太阳
是什么强力计细菌繁殖
——喜阴的植物,我们管不到
手指在寒风中瑟瑟发抖

冬青,像极了另一季节的花卉
扭过脸庞,画框空无一物
雪人步履轻盈地迈出
火焰,出现了白色的幽灵

在我脚下喊喊生响的冰碴
隶属昨日的水痕

世事如何可贵就如何可能
——保持宽容、平安的心情

2003—2

小鸟

瞧——它的喙,它的细脖
它发出奇妙的声音,震动空气
那一刻(离开了风的)树叶
终于意识到自己的存在

惊恐地收缩;讶异的感情
一直传到泥土呼吸的根须
它发出奇妙的声音,仿佛
要以这种方式对付冷漠的天空

莫非它(真的)对这世界不满
"肉体的鸣响",你依然会说
没有灵魂,无关(苦乐的?)宏旨
它随意地鸣响,只是

为了让纯洁无知的声音延续
—— 一声附和一声,打断、抵消一声
但是它的铁钳,它的角喙
准确地攫击了一条虫子

2003

空想

已经三点五十九分
一只蜗牛在某处爬着,爬着
直到它变得多余,剩下的
钟点。母亲看着我
仿佛她并不认识我
她说:午后的云
在西门出现,是你吗
此时,我并不能
承认我占据了天空一会儿

2004

夏天啊,宇宙的小酒馆

在夏天门外,我看见一队闹闹哄哄、哭哭啼啼的京剧人物
抬着冰棺,通过街衢
灰尘像蟒蛇一样飞舞,缠住背插旌旗的
武士的脖颈,一边用尾巴扫瞎跑龙套的眼睛
生和旦躲在一角接吻
净抹眼泪。丑走在最前头
苍蝇,死乞白赖地聚集在冰棺正面
这是为哪一个送葬,太阳吗

而在小酒馆里,男人和女人的眼睛,树的眼睛
闪耀着酒精的光,在昏厥、愚钝的下午夜,在胭脂猪肠
　的黑色幽默的悲哀里
在红色蚯蚓仇恨的快意里

2004

云

云,揭开我头上的伤疤
让我丢弃我的血脉
去看那玉米长矛、红色印第安人的国度

可是我怎样诉说
是怎样的一朵云(轻飘飘的)
撞伤了我的脑袋

2004

诗

我感到不适
胸前压着一块磐石
光洁无比,顶端
没入了云雾

胳膊刺痛,压痕累累
我用力翻了翻身
磐石,訇然倒塌
凑近了看,原来是
一段虚无的铭文
隐现在草丛里

诗产生自不安。诗是
我的疾病,犹如
从药草推测病人的
症状。我吓了你一跳吗
在我的病历上写着
——曾同一朵云同寝
被其无故压伤

——我要为我松散的新诗辩护
所谓自由,就是

与一朵云同寝,被其无故压伤

2004

在田野里

田野,曾经如此渴盼着你走近
用你滚滚的雷声让它怀孕
让小麦灌浆。它用南瓜的臀部吸引你
饱含春情的土地啊

那些顽劣的鸟儿向你保证
做你的大臣、宫女和太监
让癞蛤蟆组成最好的优伶队伍
为你唱戏解闷
你的母后,你从未见过

在田野,你清楚一朵云
怎样撞在一个人腰部
把他撞成了驼背

2004

空椅子

一张椅子支起了脚尖,倚在
另一张椅子的肩胛
吱吱,你听见椅子的腰肢
逐渐支起的紧张,向
天花板的静寂
那儿,壁虎凝息
绿化为蜥蜴,如同骰子
匿迹不见了,仍不能取消偶然

电线供认出白灯泡。椅子
开始显得古怪:模仿
臃肿的歌伎陶俑,吹起春情
荡漾的喇叭,如唐朝
鼓圆了他类胡族的腮帮;坐视
两个时间的弄臣,有点滑稽
而芦笙吹破韵律的白肉

一张椅子顶住了另一张
用骨头托住它的肌肉
相互依偎,一对绝对的情侣
亲密的道具,温暖的
手套不及高跟鞋纤细、美丽

有压力。惊惶地回过头来
风情万种,女性的眼白,觊觎
蛋清与蛋黄,性别的鸡尾酒

彼此抵牾,一对相对的政敌
用爪牙探听空间的虚实
而当你扭过脸,一头撞在
八点钟,心想,完了
阅览室,书页掀动空白
在过道里,管理员拎着钥匙
练习燕空翻。确实,燕子飞过窗口

椅子的组合并未轰然倒塌
并未彻底溃退
一个是形而上的亲戚
上面写着:注意,油漆未干
另一个是未来的女婿
屁股着火了,由于闷坐
椅子坐下来,坐进冬天和火炭
和雪,两张空椅子在秘密交谈

(献给张枣)
2005-2

摄影师

寂静在取景。框定一片草地
一只假模样的兔子,在镜头前
站立,竖起双耳,恍惚谛听
草尖的圆露:落下闪亮的喑哑

嚓,兔子用脚蹬了一下快门,自己
也被剥了皮,红红的,卷入胶卷
装进口袋。摄影师提防心里的
兔子,扒住袋口,往外瞅对面

山黛。放飞了一只鸟,这一片林景
凝聚乳突周围的黑、晕,和寂静
在取景,空心点化虚无。山区旋转
他冲洗夜半惊喜的冷汗

最先显影的总是她的一对乳房
惨白,抹不掉底片,夸耀在
胸胁部位的日月银盾;像两朵云
流溢出半山腰墨绿色的枝丫

下来,他回望翠微。兔子不住
蹦跳,他嘴角的微笑小于这个

被神看到,但神讨厌沾沾自喜
推倒他,摄像机在山岗发呆地对着天空

2005-7-14

爱情纪念册

在爱情的注目下
她们丧失了行走能力
鹭鸶一样
跳跃、并足,如此趱程
并隐没入黄昏的校园园艺

……的深度

偶尔,四季青发出亮光,圆柏
喷吐的火焰根须
战栗着,疼痛不已
在狭仄的星空
肉体的阶梯飘扬

在荫翳的油画背景里
荫翳的树枝衬托下
她们墨绿色的脸庞
都不曾动摇
泄露丝毫的怯色
面对乌鸦,黑暗中
藏着的秃鹫
她们的鬘髻,比黑夜还黑

她们的眸子，会因为
晨鸟带来的清光而怀孕

这是你记得的样子
她噘着嘴唇
甚至，还没有来得及吻一下
让耳朵羞愧，让山崖
白云也浸染双颊的红晕
丰腴的嘴唇，就像蜜蜂的肚子
哦，那暗中隐藏的甜蜜和忧郁郁积

……的刺

甚至，没有表达
爱没有萌芽
甚至没有称呼，就没有爱人

她安静地穿过长长的石径
在树林尽头追踪着余晖的花朵
阴影稀薄下来，露出小溪
渐渐传来她的啜泣
你却还赶不及去劝解

——她柔弱体质包裹的拒绝
犹如蚕茧；她坚韧的
手指的茧丝缠绕过你

但犹如却不能说

她作茧自缚

2005-8-9

主客之杯

凫游的、谈心的杯子,在水里
如此空闲,由哭泣装满
为了碰见虚室里的花伞
真的打开,不等天色暗下里
杯子更加口渴,埋怨苦苦恋爱的
茶叶,点一支香烟,吞吐云雾
若暗若明,使窗口经过的日月

      如兔子,惴惴不安

他醒来,而陷入事物的机关
不得动弹,只好等待雪山崩溃
而他仿佛磁铁,周围复活了
在钉子、刀片靠近的呼啸声里
患禁闭症。他们惺惺相惜
用杯子传递手的温情,而
虚室薄过一张纸,他们呼吸

他目光散漫,落在笔尖的空白
有时他认真,妄图互看一眼
就让她因惊讶而怀孕,变得沉重
哦,这可能吗,仅仅通过一个

比喻认识她,哪怕关于红唇
你起身离席,无法赶上
一朵口衔杯子的云,在述说

   遗落了什么的什么

在谈心中,沉默变本加厉,他们
逐渐孤立,剩下清晰的骨骼
鞭炮声震耳欲聋,但不
包括搓手的女人,受自己
美丽的卵巢保护。虚室为气浪
冲击,万花筒里的景点
隐入幻术,包藏了背包的旅客

他们仍等待遥远的花伞
真的打开,露出里面的器官
有一会儿,他们双双仰起脖子
为蜜蜂的倒刺勾引,去尝试
上帝的血、怀疑和糖。一个囚徒
面对两点钟对撞的杯子
恐惧万分,逃跑,转身面对
仆人似的自我

   棋局,混淆了主客

2005-9-6

堂吉诃德

我置身在天空和大地之间,经历着
严重的变形,血的头盔深入了云霄
和长矛平行;我已获得老鹰的意志
扑向对方,像扑向虚空里的一只小鸡

它战栗着祈祷,撕裂时,双方的幸福
都达到了顶点,好像母鸡将雏鸡喂哺
更高的意志在天空里翔舞。中心的
嘴巴大张:这一切把戏我全熟悉

为了故事,人物必须违背自己的心愿
　如伟大的桑丘·潘沙,耽于无望的思想
杀伐之心顿起,从书本里抬起瞎眼
我,行动;只有我配做他奴性的随从

我,堂吉诃德,宛如一个奴婢!完美的
行动表现,处处出于谦卑的性格
但我是从他身上引出的一个恶魔[①]
一条恶龙,在天空时隐时现

[①] 此外"引出的一个恶魔"及下文"他的死,巨大而有训诲意义的娱乐",语出卡夫卡《有关桑丘·潘沙的真理》。

我是他的死，巨大而有训诲意义的娱乐
他抬起瞎眼，仍没有在黄昏开窍
第二天他光顾了我的处男的天真
精力充盈，我们和太阳一同出发了

我骑马踏上小径，世人无情地唤它
作驴；作为唯名论者，我服膺孔子
哦风，风吹来，舒缓了行程的心情
从远处看不见的雾霭吹到林子里

脚下的麦苗飞扬；相对的另一方向
村庄稳稳地落在平原上，像一只苍蝇
明确的风，还夹杂着怀疑论的沙子
从我的头脑悬过，桑丘·潘沙的头脑

霎时天空布满阴云，我跟随着风
转过村头的石磨盘，看到空气中隐形的
风车，我双眼冒火，是风车擦燃了我
风里，雨点在飘洒；我大口呼吸着

令人眩晕的幸福的空气。天空的
肺叶张大，仿佛这空气就是呼吸
我冲上前去搏斗，血肉之躯随长矛
磨得发亮，风车是我们血肉之躯的另一形式

2006-2-7

蝉

高墙的阴影,向右移动了一步
醒来时才能看清楚,你看着
想到樟脑球,脚下就有泉水叮咚
流动,不只是太阳、树叶和句子

但在树影婆娑中存在着障碍
等待着畸形的突破,但首先
有待于鸡仔的觉悟,用喙一点点
啄掉形象的外壳,露出真髓

蝉声,总是过于突然,突然像
迟钝的警觉,和太阳诡谲
藏在突兀云彩里,雨飘忽着
掠走了它。有人想竖起耳朵

在树影中,够,而够不到它
只有石子暴露着统一的阴影
树吹奏着口琴,忘掉蝉的存在
致使后者沉浸,在噪声中无我

树影里,争辩继续着,有人
以头撞墙:头脑只是一团障碍

比云厚,比胶水浓。这里一下
那里一下,一点也不像和声

音乐包含权力,更腐朽,更疯狂
蝉竭力高唱,剩下衰弱的秩序
即使不在乎生殖,这思想的睾丸
也难以逃脱阳光和阴影的规律

2007-6-29

在疗养地

当沉重的溶液腐蚀着资产的风景
路边偶见白花,棉毛的眼球
孤悬天际,破坏了眼科医生的纯洁

神圣的温泉流淌着爱情
见证洗浴者弥漫丛林的锈气
裸体的道德闪耀

宇宙因被禁止吃盐而虚弱不堪

挡住希望之光,盘踞窗口的山岭
一条阴郁的蛇压在资产者心胸

太阳暴动,灼伤的动物奔跑
大地呼吸微弱,厌烦了奇迹

农民走过山坡,偶像保护心灵

风景的药水滴下傍晚,带来了欢乐
像一曲巴赫,镇压屋内起身来到窗前的人

2006-7-17

远离

那次他从北京打来电话,有点
急切地诉说,见到了不少"名流"
他的声音一下子变得很尖很细
显露了女嗓子,恐惧和崇拜

造成的真空让话筒闷死了
一只逃亡中的蚊子,在寂静里
传言不太一样,似乎到那里后
他恰如其分地选择了消失

偶尔,一位陪你在街角等美女
走过的女士飘落。哦,她的怂恿
不忌讳,是你受到宠爱的证明
让我们用天真来哀悼天真

她固执地相信你不过在池子里
憋了一小口气,很快将浮出水面

2007-8-15

与死者交谈

你不愿意打扰我的梦,我很尊重
你的这种态度,使我们都避免谵妄
尤其对你来说,可以证明你对生活
没有遗憾,不想通过我来补充什么
通常我要花好长时间等待,坐在
书桌前沉思,将烟头捻灭在烟灰缸

你比我更有耐心,因为你比我
甚至还要遵守规则,害怕灵感
它让你手足无措,增加孕育的羞涩
就是说,我们谁也成为不了谁的抱负
在延续白日的——我们在睡觉
——巨大清醒中,头脑像肌肉一样结实无用

有一阵子我竟然木呆,我的母亲
如果看见,又该开始担心。雾霭的墙壁
就是我的界限,我决不越雷池一步
其实完全可以走出去买一个冰棍回来
你是开明人士,不会不允许一个人
在等待时开小差。我还可以到处逛一逛

在家里,在方寸之地。母亲的敬神

一点也不神秘,无非是摆上一碗饺子
几个苹果,已比我们多一点暗示
你并没有告诉我,家里不合适
我的纸和笔你不能使用,怎可以
代我书写?我知道你宁愿做一个野人

一次你和我开玩笑,说是自己
失去了舌头,用双手吃力地比画着
我和你一样都是贯穿了两极,在
规则与反规则之间试验浪漫与反浪漫
二者极端地对应于生和死,就好像我们
在反抗自我的强迫症,结果连反抗

也成了强迫的一部分。我母亲
怀疑你,其实是怀疑无物,怕损害
我的健康。但是我像一个来自内陆国家
的人,为你长长的海岸线冲动不已
我感到温馨无比,从风暴的岬角
回来,你已走出我家,提灯穿过旷野

2007-8-18

特里斯当与伊瑟

她睡着，怨极了那无因果的药
而他错饮下失效的风情另一剂
借她的漂泊消灭掉一个目的地
他爱上惩罚自我的幻化的妖魔

多，因超出了一个而少于一个
他握着剑站月光里头抵御猛虎
却听到嗤笑声来自洞窟似归宿
她忍住睡要认出第三个的虚设

正是那不可知的包围着可知的
她怎样怂恿他沦为两国的奸细
又该怎样拯救，用无辜的泪花

哪怕一秒钟的月魄让海水吸去
天上无光，甲板上沉重的对方
也不再是投影，因美获致无罪

2007-10-27

雪

一
这儿有一幅静寂的图像,魔鬼
想要把它从我的窗前拿走
还剩下什么

—— 一张纸被钢笔戳穿
天空也出现了裂口。而他都能容忍
不管前面是否有一个画好的天堂
这让我陷入惊恐,他和魔鬼
到底是谁受了谁的怂恿

一只固定画框的钉子,是否可以
制服他们,并让我的窗口平息愤怒

二
断定了风景的浅薄,多少人
厌恶了这里的贫乏无聊:远离海
连流星都何其少!当我们在小酒馆
喝酒,灯光摇晃着快乐,悲哀
荡然无存,我们怒斥人们的浅薄

雪落在过道里,像赤脚

穿上了沉重的鞋。一阵风凛然
吹过后颈。犬儒主义的人性的蛹茧
仿佛窗帘的厚度被新婚夫妇品评着
欢乐需要包藏,而悲哀需要灯光

三
一天中,我总是时不时睡一会儿
这是不是堕落,我写诗的热情逐渐减少
世间只剩下一种颜色,那就是白色
车棚沉默着。我被冻僵,找不到
屋檐挂着的冰柱和碎裂的冰碴的言语

想起田野、小河、夏天、可爱的苹果树
在冬天,谁将远方搬上了清冷的餐桌
一棵树对着我的窗口:她握住萌蘖的
秘密,向我伸过来银河系的掌心
晴后,久坐的激情融化迟钝、不安和猜测

一群鸽子翔落,咕咕叫着,在广场啄食
与我的同行相比,我总是犹豫不决
在它们中可能有神,这样的结论
连我自己也会惊诧不已,譬如
神已降临,在石子和粮食的排列中

2007-12-11

出游

我们的心情,就像途中的漫水桥
经过抑制后慢下来。反而提醒
我们在爬山时会遇到野猪
受伤的野兽诸如此类。遇到鹰在岩石上
晾晒甜蜜的腐尸,过冬的腊肉;我磕磕绊绊
走出灌木丛危险的签名:我停留在根部
但你嬉笑着,采摘了我心灵的浆果,遂我所愿

重又在上游变得欢快
在山涧变成小雨
在巨石下
泥土的阴影里变成刺猬
在水潭里变成乌龟
我站在巨石上照相

压弯了野草,在羊肠小道
我怀念那条蛇,祝福我,在夕阳里起舞
刮起了风

2008-10-7

藤蔓

深秋的梯子倾斜着,从高空
预感到了变化。气流吹散
葡萄冗赘的谈话。没有了果实
谁还会爬到那具有诱惑面容的高处

从木头里爬出的火焰,经由心灵
又返回到灰烬,在青天反映
毁灭的倦怠的脸。等不到天黑
长在天空里的枫藤就向你伸出手臂

叶子的手掌张开,无限轻轻落下来
在空茫的一片,忽而又呈现绿色
棕黄、深黑:斑驳在驳斥时间
仿佛它隐藏了被虫蚀掉的灰心

画了一个空白之圆。我爬上楼
充当个别的观望者,犹豫不决
天井里,藤蔓爬满学习时代的墙
描画神经的线条,疯狂扩张

每一次爆发都像出自克制
攻击云彩,直到天空也发癔症

理智的清晨给田野降下冰霜
我从窗口窥望，伸出纤细的触角

那在下面匍匐着的东西，都做出
逃离状，匆匆奔向相反的方向
我在上面感到，那有别于生命甚或
高于生命的事物却又包含在生命之内

这就是我的位置？沉浸在空气
虚无之中，脑子像鱼子被幸福感抛撒
一阵眩晕同时袭来，我低头
得意地观望下方，个别的力量

禀赋非凡、能力优异的藤蔓
像长跑运动员侵入我的梦
但是在房间，哦，多么温暖
藤蔓像妇人一样扬眉挑起了门窗

对面的人儿，又是多么幸福
他甚至不知道他的墙上爬着一千条蛇
有时他从窗口出现，和我同样有着
不屑一顾的神情。天井的目光受限

但包含教训。正如凝望对面
我突然会像一座水泥浇灌的大楼
渴望着藤蔓，一双温柔的手臂

用死一般的强力捕获那不死的钢铁

2008-11

昏昧中

我在昏昧中,知道我不知道的东西
我在昏昧中,不知道我知道的东西
夜里,我起床。一直在枕边翻腾的声音
消失了吗?大海回到灯里。一幅阿拉伯
细密画,是对儿时一个人的模糊记忆

他在紧挨路口的坟边微笑,一朵花
放大了他。没见过祖父
我也懂得喜悦,这是他愿意的吗
他不会说,我的知识是以黑暗为代价

遗传不会中断,年末放烟花
在肚里绞痛着的思想,源于一副好心肠
我在昏昧中,但是我不承认昏昧
也不承认昏暗,我觉得我就是光明

昏昧中,我看到一个在胶水中站立的人
一个数学的天使,双臂吃力地支撑起书本
那本书的封面是天,封底是大地
我看到一个,在房间中爬天梯的人
没有恐惧,我看到的鬼,无法和人相比

2009-5-16

车窗外

房屋、树、田畦,在我眼前
一闪而过。没有房屋的地方
有树;没有树的地方,有田畦
没有田畦的地方,有房屋

什么也没有——不!也许有
空气。也许有河流,也许有远天
它们有层次地累积,涂抹车窗里
油画般的眼睛,颜料松散着

但是它几时变成了一个空洞
什么也没有,——也许有天气
从天空旋紧的螺帽里,雪下着
中空,有一个人,在田野踯躅

有一个人代替螺钉,钉在车窗外
风声变小;但他还是给其他
事物留下了空间,可以怀疑
是洞边的兔子耳朵让风声变小

我感到他一直尾随在汽车后面
跑出了城郊,也跑过了乡村

他要跑到哪里去？我说不清
他在路边跑，偶尔也跑到地里去

身形混同于云影，他在池塘边
逗留。他回过神来追赶汽车，我
刚睡醒。当我返程，他在身后，代替
房屋、树、田畦一一消失，垂直着

又出现在画布上。他张大嘴呼喊
在汽车引擎的轰鸣声里淹没自己
（我听不见），融化了雪人，（邻座
被随身听震动着），田野的巨灵走动

2009-3-5

山溪

脱离了爬山的队伍,我走近溪水
在水潭里洗手,捡起几个小石子
我的手指触碰了火热的腐叶。蝌蚪
游过来,就像附着在石头上的青苔

它们一直静静地游在我的阴影里
像一支在冬夜就要燃尽的火把
既不胆怯,也不妄自尊大。而溪水
在石缝里打转,爬山的队伍已走远

他们谈论着深冬,雪会封了山路
生命书本般静寂,就像深秋的红花
面对崖壁干枯、变黑。我继续前进
然而不是沿着台阶,而是踩着山溪里

倒伏的石头向上爬,需要不断蹦跳
心中的捷径向我显形,逐渐看不见
山溪旁的他们。在尽头,巨石连着天空
压抑山表下喑哑的水声,我感到一丝清冽

2009

浮土

屋顶上的瓦松
在天上,看着你。在雨中
治愈不了你

但这是温柔的瓦松
还没有刮起风,就刺痛你的双眼

想起(没有脸的!)蚯蚓
在酣睡中辩驳

受到残忍对待,在根下松土
靠吃土也能活着
它要用唾沫濡湿明天,用柔软的头颈掘到清凉的地下水

并且再往上顺着记忆的阶梯
(将你引领)一级级爬到
绝非幻想的花叶
和果实。爬到……自己的心

2009-4-9

檐溜的歌

喧哗,闹市像一页书翻过
我忽然听到痛苦的檐溜
遏制不住地从上空冲下
在银行下碎成旧日的银两

让我站立在那儿站成冰柱
这檐溜的歌将我的耳朵洞穿
但我不会躲,也不用迎
在街口侧耳,有多么滑稽

阳光辉耀的冬日,你告诉我
那滴水的檐溜是多么欢快
田野从心灵的视野里升起来了
不再迷蒙一片。鸟也能找到窠

它将叼着村庄的风景飞离
檐溜的歌也将消失在黑夜
人们借着堂屋漆黑的光再次
惊奇地看到屋檐下的水渍

在天空下打着转,人人都
像一个旧日的水滴突然破碎

屋檐下的水渍就像陨星

让人们伫立,回旋,后退

2009-10-28

附录

诗的轴心时代

近几年,我的阅读和写作发生了很大变化,开始更多从古典诗歌中获得滋养。白话文运动以来,现代诗歌的写作者就处在一种存在主义的文化语境中,这是一种文化意义上的伤害。从某种程度上,吴虞、陈独秀、鲁迅的角色类似于"杀死上帝"的尼采,只不过反抗的对象是孔子。明代的李贽也能够让人想起尼采,但那是"不以孔子之是非为是非",轻重缓急有别,仍然属于门徒的反抗。

我曾经想写一本书,梳理一下中国历史上对孔子表达异议甚至反对的思想,应该是一件饶有趣味的事。先秦时期对孔子的批评如墨子、庄子、列子,更多从纯粹的哲学思辨的角度展开,那时的孔子和反孔子思想都属于哲人的辩论。那自然是中国思想的轴心时代。而魏晋时期和晚明的反孔子思想,似乎更多着眼于伦理,之所以敢于反孔子,是因为比其他人更热衷于孔子,甚至欲成为孔子而不得……

而五四时期的反孔,则不是普通意义上的异端兴起,而是哪吒式的剔骨还父削肉还母,并以莲花身复活,是从根本上对中国文化的革新。五四时期草创的新诗,也进入了一个新的轴心时代。

在这个意义上,我愿意更慢一点回归传统。

其实,不管孔子还是反孔子,都是中国现代文化追寻自我的镜像。我们应该很高兴拥有古典这一面镜子,不应该遗失它,除了西方这一面镜子之外。

然而,这传统的镜子,如何能够成为灯?如何照耀我们继续前行?抑或说,我们如何接近传统?传统是一种艰难的修为,而非一种轻易的借口。可以想象今人回望古典的姿势,其中必然存在一种次序,首先必须回望到明,回望到宋,回望到唐,回望到魏晋,回望到汉,回望到先秦……才算回望了古典的精神、中国的精神……一步比一步回溯得更难。李白的诗,"君不见黄河之水天上来,奔流到海不复回。君不见高堂明镜悲白发,朝如青丝暮成雪",听起来竟然像是一个在中国古典精神里无望泅游、身心疲惫以至于衰老的后生,一个现代人。

这样的后生,也是一个在现代主义的分裂的感性/感觉/感官里无望泅游而不自觉的人,一个在现代诗中流浪、流亡的人。兰波说:"打乱一切感官""成为另一个人!"然而结果,就是尼采的发疯。

从本质上来讲,中国古典诗歌的精神就是生命和自然的精神,也就是韵律的精神。古典诗歌自身带有韵律,这种韵律是生命和自然的双重节律。现代诗歌的感性分裂,或是神经错乱、精神分裂,导致现代诗歌只能是无韵的诗歌。在这个意义上,现代诗歌和文化的颓废是一种精神症候。颓废,decadence,本身即意味着失韵、失去节律(cadence)、失序、生命的衰败、有机体的解体。然而,古典的颓废仍然遥不可及。在杜甫那里有古典的颓废,以《旅夜书怀》为例:

细草微风岸,危樯独夜舟。
星垂平野阔,月涌大江流。
名岂文章著,官应老病休。
飘飘何所似,天地一沙鸥。

这首诗最感人的并非万物一体的崇高感,如前两联所示,而是后两联崇高感的失落。"天地一沙鸥"对应于杜甫的另一行诗:"乾坤一腐儒。"(《江汉》)杜甫的伟大之处,并不是他在诗歌中完美地表现了孔子的思想,而是他深知孔子所代表的那一套儒家价值的失败和不可能。杜甫懂得古典理想的失败。抑或说,他表达了"天人合一"观念中细微的分裂感、不适感甚至失败感。

而中国现代诗歌的颓废,已经失去了这样一个自然的背景,而直接指向了人性的衰败(decadence)。为什么进化论会遭到中国人误解,从一个自然的观念变成了一个社会的观念,变成社会达尔文主义?传统社会富有韵律、自我循环的圆形时间,变成了现代社会单调乏味的直线时间,而速度已然成为现代性追求的核心。地球转得越来越快,人将会被甩下地球。自从人类登上月球,所有的人就疯了。也许,人从来没有完成进化。当技术的加速度远远大于人的加速度,异化的颓废也许就是后人类的存在风格。

只有征服现代性的分裂,才能重新回到有韵的诗歌。然而,这不是单纯的回归,而是对现代性危机的克服。

诗歌轴心时代的含义是,我们始终处在转变当中。

处在生成之中。我们要生成新韵。

从与生命的关系来讲,新诗要从"伤"走向"养",从对个人的伤害走向对生命的滋养。在这方面,传统的心性之学可以给我们带来启发。天人合一、体用不二的心性之学，也许是中国文化中最好的一部分。传统士人的休养功夫，也有助于现代诗人保持身心健康。

就我个人来讲，我似乎最远只能回望到有明一代的知识分子，他们是古代中国士人最为赤裸的一群，以致毫无遮蔽。究其原因，心学激励着他们，也让他们变得疯狂。作为类型的中国知识分子的精神症状，在明代表露无遗。我也能感知到从那时到"五四"的中国历史的整体性。

即使自由主义者，也可以对传统的心性之学充满好感。其实，心性之学中个人可以达到的理想境界的推崇，恰好可以补充自由主义为个人带来的可能的精神虚空甚至堕落（一如尼采诊断过的）。人皆可以为尧舜，意味着人皆可以为公民；自由平等的人，也是有创造力的公民。

这样说是想强调，我们已不可能成为儒家的士大夫诗人。

关于心学，曾有过这样的批评："紫阳之学，所以教天下之君子；阳明之学，所以教天下之小人。紫阳之学，用之于太平宽裕，足以为良知；阳明之学，用之于仓猝苟且，足以成大功"（焦循），"程伯子，南面之任也；朱元晦，侍从乡愿之器也；王文成，匹士游侠之材也"（章太炎），章太炎甚至认为王阳明在"精神界"的影响，很大程度上仰赖其事功之伟大。值得注意的是，20世纪的革命家多推崇阳明学。这样曾经催生出革命的"心力"，同时也是变革的力量，也可以参与到个体的人格建构，以及中国人未来的"天命"的建构之中。

也许，古典心性与现代天命并不矛盾。具体到诗歌，胡适所谈的"有人有我"，仍是民主诗学的含义，有人即为平等，有我即为自由。自由完全可以由古典心性达到，而平等则更多是现代价值的发明，是对个人自由的普遍承认，也即我不仅承认我的自由，也愿意将这自由扩大，承认他者的自由。具体途径则至少有二，一为感兴，二为思辨。目前来看，中国新诗中感兴的成分已经足够，需要提升的仍然是思辨的成分。

2019

自述

王东东，1983年生于河南杞县。他曾开玩笑说他和萨尔瓦多·达利是同一天生日，假如不像维特根斯坦那样去问"'在同一天生日'到底是什么意思"，就可以对他的说法会心一笑。对他来说，达利太片面单一，太偏执，虽如此，他知道单一片面是通向真理的捷径，如同达利甘愿将自己的心灵出卖给弗洛伊德，而后以皈依宗教和创作教堂壁画结束艺术之旅。结果只能说他不够偏执。他从什么时候开始记事？——达利可是在子宫里。而他的生命意识觉醒于在一个酷暑要给在家北边挨着河那块地里劳作的父母送水的念头。这个念头后来成为谜团占据了他的记忆。直到不久前他问起母亲，是她告诉他，他们既诧异又惊喜地看到他端着一碗水出现，但在地头因为绊了一跤洒了水而哭起来。他和达利的区别在于他们出身不同。他从未见过的祖父是一位广受尊重的乡村知识分子，这位乡绅的儿子因为遭到"批判"而英年早逝。在一首诗里他大胆地说："家族没落适合艺术的大树生长。"其实做一个平民知识分子符合他的愿望。乡人们喜欢对他讲祖父"能掐会算"；在老辈人心里祖父变成了神。话说回来，他并不迷信，星象学和易经一样在他看来是很好的世界的隐喻。似乎很早就具备了两种能力，从智力获得的安全感和置身于广阔世界纷争的平衡感，后者一度是他的道德感的来源。他几何学和数学最好，经常在各级奥林匹克竞赛中获奖。这种智力训练最后使他转向文科，可见他经过了不同阶段的厌烦。可以预见，在大学修习哲学的经历将他拖入了人类头脑的迷宫。他想象自己是进入弥诺陶洛斯迷宫的忒修斯，正是他为希腊城邦的哲学和文艺奠定了基石。他坚信尼采是因为弥诺陶洛斯发生了不为人知的事变而发疯。这使他能够从历史的噩梦中醒来，而有幸聆听那独属于天空的最高的宁静的音乐——在另外的时候天空也是一所蓝色的监狱。但由此可能带来了他的缺点，即爱好辩论。直到后来他确信哲学给他带来的只是理智的空虚。他感到头脑的空洞，这让他认识到他尤其需要诗歌。必须说明，他并不喜欢什么"诗化哲学"，虽然他知道概念和感觉一样对于人必不可少。他也许可以像霍桑那样说，在自己身上有种"自我埋没的倾向"，不知道他是否会有意克服呢？

2007